古本食堂

新装開店

原田ひ香

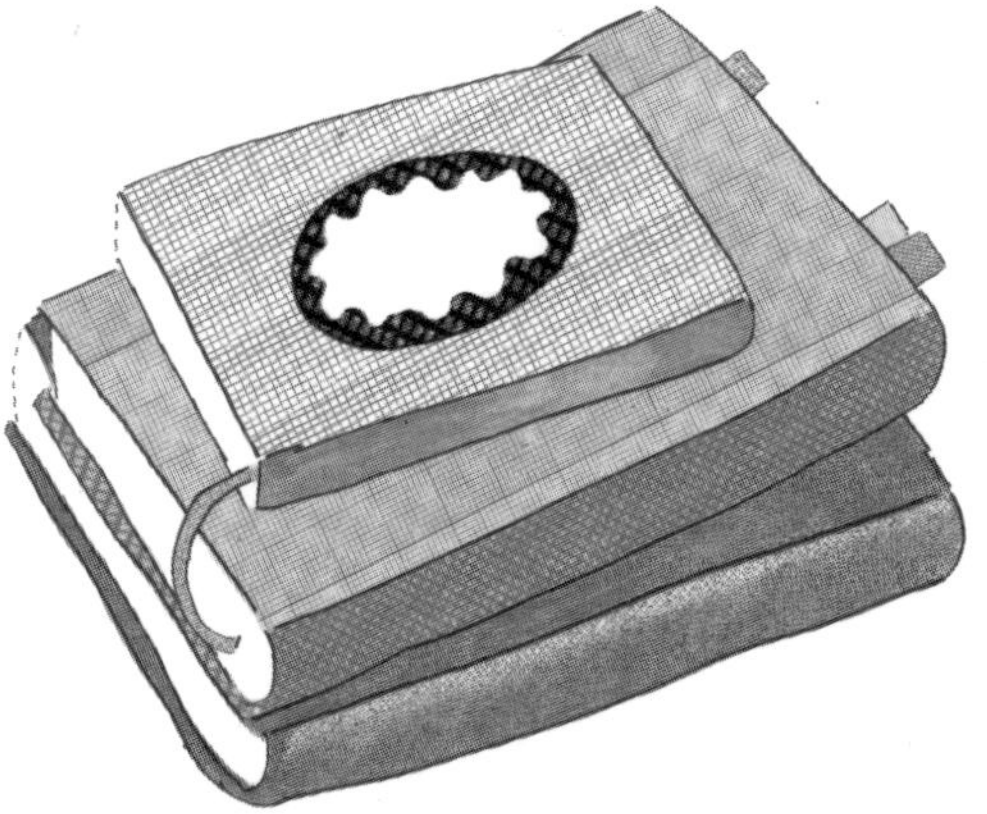

角川春樹事務所

〈目次〉

画　大塚文香
装幀　名久井直子

古本食堂　新装開店

第一話
森瑤子『イヤリング』と川端康成『掌の小説』と日本で一番古いお弁当屋さん

あたしは鷹島《たかしま》古書店のシャッターを開けつつ、はあっとため息をついた。

神保町《じんぼうちょう》のすずらん通りの小道を一本入ったところにある店を外から見ていると、強い木枯らしが吹いてきて、首元を冷やした。思わず、両手をこすり合わせるようにして暖を取る。申しわけ程度だが……。

七十を過ぎてから身体《からだ》の冷えがひどい。少し前、五十代の更年期障害の頃《ころ》はほてりがひどくて、真冬だって少し走ったりすると汗が出て止まらなくなったものだが、それが収まったと思ったら、すっかり冷え性になってしまった。

「珊瑚《さんご》さん、おはようございます」

隣のブックエンドカフェの美波《みなみ》さんが出てきて挨拶《あいさつ》してくれた。

こちらの店は前は十時開店だったのだが、今月から八時に早め、モーニングも始めたらしい。五百円のコーヒーに百円プラスするだけで、厚切りパンのトーストをつけてくれる。希望すればスライスチーズものせてくれて、とてもおいしい。

さらに夜の十時まで営業時間を延ばし、夕方以降はワインやビールの販売も始めた。もちろん、アルバイトの人を使っているけど、美波さんの身体が少し心配だ。口に出したりはしないけど、相談をされた時は「無理しすぎないでね」と声をかけておいた。

「今朝もお掃除ありがとう」

開店が早まってから、いつもうちの前まで掃除してくれる。その代わり、ブックエンドカフェの定休日の水曜はあたしが掃除しているけど……。申し訳ない。

「とんでもない。たいした手間ではありませんから」

美波さんの笑顔を見ていると、また、別の心配が心の中に浮かび上がってきたのだが、それを抑え込んで、三冊二百円の文庫本がぎっしり入った本棚を外に引きずり出して店の前に並べた。

「最近、冷えるわねえ。お身体、大切にね」

「はい」

彼女は笑顔のまま、店に入っていった。

文庫本の棚は、あたしがここに来た一年前――この店を作った兄の鷹島滋郎《じろう》が急死して店を引き継ぐことになった――から八割がた、中身が変わっている。それだけ売れている、ということだ。

――まあ、それしか売れない一日もあるのだけどね。

そんな売り上げについて考えてしまいため息をついた、ということもあるが、それだけではない。

少し前から、姪孫《てっそん》の鷹島美希喜《みきき》ちゃんから、店について大きな提案をされていたからだった。

「思い切って、レジの横のスペースを少し整理して……というか、ここの本棚を片付けて、テーブル置いて、本格的にカフェスペースにしませんか？」

彼女が言っていることを理解するまで、しばらくかかった。

「ここ、というのは、この古典や絶版本なんかの、お宝本が入っている棚のこと？」

そこには壁にそってL字型に三つの棚があり、ぎっしりと本が並んでいる。美希喜ちゃんは一瞬間があったあと、はい、とうなずいた。

「整理、というのは棚を取り払ってしまう、ということ？」

また、間があって（今度の間の方が少し長かった）「はい」と彼女は深くうなずいた。

「それは……」

レジ横の棚の本はこの店の心臓部分だ、と少なくともあたしは思っていたが、彼女にとっては違うのだろうか。そこを変えたら、店はがらりと変わってしまうのに……。それから、美希喜ちゃんは店の前の格安文庫コーナーにも変革を求めていた。まあ、変革というのは大げさすぎるか。端的に言うと値上げ、ということだ。

「三冊二百円てさすがに安すぎませんか？　このあたりの他の店は三冊五百円ですよ。四百円、せめて三百円にしないと、物価高ですからね」

確かに、ここのコーナーが五百円になったら少しは売り上げがうるおうだろうと思う。しかし、物価高だからこそ、若い人たちにいいものを読んでもらいたい。

「図書館というものがあります。古い本なら、いくらでもただで読めるんですから、そんなに格安ということにこだわることはないんじゃないでしょうか」

その言葉もまた、引っかかるところなんだけれど……。

所有の喜び、というものがあるじゃないか、と思うのだ。ただ字を追い、物語や学問を頭に詰め込むということなら、図書館で十分かもしれない。だけど、カバーがなくても、ぼろぼろでも、家に置いてあっていつでも読むことができたり、バッグの中に入れて持ち歩いて、ふと目を通す……そんな喜びを知ってもらいたい。そして、それはまた、新しい本を買うことにつながるかもしれない。そんな気がするのだ。

ただ、兄の決めたままの店にしておきたい、という感傷と責任、そして、さらに、あたしにはどうしても何か、それを変えられない気持ちがあるのだ。自分でもよくわからないままに。

さらに大きなため息をつきながら、店の中に入った。

昨夜は、そんなことを全部、東山《ひがしやま》さんについこぼしてしまった。

若い頃なら、北海道までの長距離の長電話はとてもできなかったと思うが、最近はいいアプリがあって、ネットにさえつながっていれば画面で顔を観《み》ながら話が何時間もできる。

なんてありがたいことだろう。

現代の便利さを感じることはたくさんあるけれども、この東山さんとの「長電話タイム」ほどそれを実感することはない。

「美希喜ちゃんは言うんですけどね……」

あたしはつい愚痴った。

「店の内観も内容も完全に変わってしまうと思うんですよ。それにね、こんなことを言ったらなんですけど……」

その言葉を言うのにはためらいがあった。別の言い方を選んで、話すことにした。

「鷹島古書店が美希喜ちゃんの大学の先生たちにも使ってもらえていたのも、あの場所があったからなんです。彼女だって、今後、大学図書館の仕事をしたり、古典をつないでいく仕事をすると決心してくれたのに、あれをなくしてしまったら元も子もないと思うのに」

一番大切なことに気がついていないような、美希喜ちゃんが少し歯がゆいのだ。

「何より、鷹島古書店の威厳がなくなってしまいますよね」

彼は真面目《まじめ》な顔でうなずいた。

「いやだわあ、東山さんたら、威厳だなんて。そんな」

笑ってみせたけど、実は、本当に言いたかったのはその言葉だったのだ。だけど、自分から実の兄が作った店について「威厳」なんて言うのはさすがにちょっとためらわれた。

それを言葉にしてくれて、東山さん……わかってくれるなあ、と嬉《うれ》しくなる。

「あとね、一つ心配があるんですよ」

「なんですか」

彼は画面越しでもわかるくらいに身を乗り出した。

「美波さんのことなんです」

「美波さんというのは隣のカフェーの店主さんですね」

毎日話しているから、もう、何を言ってもツーカーだ。東山さんの発音は昔風に「カフェー」だから、近代小説の中の人のようだった。

「そうなんです。最近、とっても頑張ってるの。営業時間も長くして……それもこれも、ここ数年の売り上げ減少を取り戻そうとしているような気がするの、きっとね。言葉の端々にそれがにじむんです。たぶん補助金だけじゃなく、多少、融資も受けたんじゃないかしら、店の存続のためめに。少し日常が戻ってきて、それを取り返そうとしているんじゃないかと。ここが正念場だと思っていることが彼女の態度から伝わってくるのね」

「なるほど」

「それなのに、その店の隣で、古書店の一部とは言え、同じようなものを出すということがどうなのか……ちょっと申し訳なくてね」

「珊瑚さんは気を遣える人だから」

「そんなんじゃないんですけど」

褒《ほ》められて、少し頬《ほお》が熱くなってしまった。

「美希喜ちゃんはなんて言ってるんです?」

「あまり気にしてないみたい。ちゃんとしたカフェと本屋じゃ、座る目的がぜんぜん違いますよ、って言うの」

「それもまた、真理ではありますが」

「ねえ。だけどねえ」

あたしが黙ってしまうと、東山さんが話を変えた。

「そう言えば、あの青年はどうしてます?　滋郎さんの元恋人の」

「あ、佐倉井大我《さくらいたいが》君?」

あたしは嬉しくなって、声を上げてしまった。佐倉井くんは戸越銀座《とごしぎんざ》商店街で実家のお惣菜屋《そうざいや》さんを手伝っている青年だ。

「あれから時々、来てくれるの。月に一回くらい。必ず、お弁当のお土産《みやげ》を持ってきてくれて……本当にいい子。それにね、料理の本をよく買ってくれる。この間は昭和時代の『暮しの手帖《てちょう》』のお料理特集の号を何冊か買ってくれたわ」

「ほお、なんででしょう」

「いろいろ、新しいレシピを考えているみたい。昔の本はシンプルでおいしいものがたくさんある、って言ってた」

「確かに、そうですね」

「お父さんやお母さんには言えないけど、いつかはおかずやサラダのフランチャイズ店を出せるような店にしたいんだって。ほらデパ地下に入っているような、きれいな店、あるじゃない?」

「なるほどねえ」

「そんなことをいろいろ話してくれて、とても楽しいの」

ああ、長く話しすぎてる……そろそろ切らないと、と思いながらつい話をつないでしまう。

「そうそう、鈴子《すずこ》さんたちはお元気?」

あたしの実家があり、東山さんが今も住んでいる帯広《おびひろ》の人たちのことを聞いてしまって、電話はその後、小一時間以上もかかってしまった。

「あらまあ、中公文庫やちくま文庫がたくさんある」

「へえ……」

「いい品揃《しなぞろ》えじゃない。楽しい店ね」

三人の中年女性たちが本棚の前を行ったり来たりしている。そして、その脇《わき》に緊張した面持ちの母、芽衣子《めいこ》、五十歳。

いや、あの何事にも直接的、実際的で、ずけずけなもの言いの母をここまでびびらせている、三人の女性とは……。

母方の親戚《しんせき》、岡田《おかだ》家の三人姉妹なのである。

母の母、大阪の祖母の姉の娘たちだが、彼女たちは東京で生まれ育って今も住んでいるから、完全に東京弁だし、東京の人だ。

長女、幸子《さちこ》は結婚して苗字《みょうじ》は山崎《やまざき》……確か母とは七つ違いの五十七歳、次女も結婚して皆川春子《みながわはるこ》、年子で五十六歳、三女、秋子《あきこ》だけが独身で少し歳《とし》が離れており、でも、母より二つ年上の五十二歳。

母は昔からこの三人の従姉《いとこ》たちを深く慕い憧《あこが》れつつ、だからこそ、いつも緊張しびびっていた。自分だって東京に住んでいるのに、未《いま》だに彼女たちを「東京の親戚」「東京の従姉」と呼ぶ。

珊瑚さんは母のことを「本当に、芯《しん》から東京の人」と呼ぶけれども、この伯母《おば》たちにはかなわない、と思う。皆、お金持ちでおしゃれで、物知りで顔が広く、「人脈」もたくさん持っている。

長女の幸子伯母さんは息子三人をしっかり名門私立中学に通わせているし、春子伯母さんは子供はいないけど、身寄りのない子供たちの援助をするNPOをやっているらしい。最近は子供食堂を始めたい、と奔走しているそうだ。自分は料理があまり得意ではないので、場所と人を手配して、事業として展開するつもりらしい。さらに三女の秋子伯母さんは東京と京都で美術ギャラリーを三つも持っていて、日本中いや世界中を飛び回っている実業家だ。どれも小さいけれど、趣味がよくて、一つは喫茶店も併設している。だからぜひ、いろいろ聞きたいこともあるし、向こうからも「お近づきになりたいわ」と言われた。確かに、伯母は経営者としての手腕があるから、望むところなのだが……母に言わせれば、「秋子さんはたぶん、パトロンがいるみたい」ということだった。別にそれはかまわないけど。

三人が店に来た時、珊瑚さんはまだいて、そっと「東京版、『細雪《ささめゆき》』って感じね」と私にささやいた。

「四人じゃなくて、三人ですよ」と私は返した。

珊瑚さんは小さく肩をすくめてそれに答えた。たぶん、四人分の迫力があるわよ、とでも言いたいのだろう。そして、「あたしはお昼に参りますが、皆様はごゆっくりなさってくださいね」とにこやかに、でも、さっさと出て行ってしまった。その後ろ姿を見つめる母の目に、どこか恨めしい色が混ざって見えたのは気のせいか……。

今日は、三人が「あら、美希喜ちゃん、神保町の古本屋さんになったの？　素敵じゃない。あたくしたちも神保町は大好きよ。だったら、神保町に皆で遊びに行って、お店の方にうかがうわ、それから、どこかでお茶でも飲みましょうよ」と言い出した、らしい。もちろん、母もそれには付き合わないわけにはいかない。

それにしても、母のこの萎縮《いしゅく》ぶり、見ていられない。

一応、「いい品揃え」と言われたところでほんの少し、元気になったみたいだった。

だいたい、この店は珊瑚さんが経営し、私が手伝っているのだから、母がそんなに伯母さんたちの言葉に一喜一憂しなくてもいいのに……。

しかし、私が大学院を修了し、大叔父《おおおじ》、鷹島滋郎が始めた古本屋で働く、珊瑚さんの手伝いをする、ということになった時の母の反応は激しかった。

「は？　鷹島古書店を手伝う？　あの？　ちょっと、どういうこと？　私はあの店の内情や珊瑚さんの動向をそれとなく見て欲しいって頼んだだけで、あの店で働け、それもアルバイトじゃなくて正式に働け、なんて一言も言ってないけど⁉」と取り乱したのだ。

「どうして？　お母さん、大学や大学院で学んだことで就職できればいいね、って言ってたじゃない」

「だって、あの店で働くって、正社員じゃないでしょ？　というか、正社員的ななにかがあそこにあるとは思えないんだけど」

今までわりとなんでも、私の進路に口出しはしなかったし、大学受験の時だって別に就職に有利なところにしろと言うようなこともなかった母がこんなにショックを受けるとは私も思っていなくて、逆にびっくりした。

「だって、新卒で就職できる機会は今を逃したらもうないのよ！　日本は新卒の時が一番就職しやすいんだから、正社員で」

「いや、もう無理。大学院まで行っちゃったら、そんな新卒採用ないって」

「いいえ、まだ可能性はあります。ねえ、新卒採用ってすごく有利なのよ。一度はちゃんとした会社に、正社員で入っておいて損はないわ。一から社会人としての礼儀やマナー、仕事の仕方を教えてもらえる。嫌ならやめればいいの。だから、お願い、一度、ちゃんと就職して」

「そんなこと、今更」

「いいじゃない。就職して、休日だけ珊瑚さんの仕事を手伝えば？　それで、やっぱり、会社が合わないってなったら、古本屋さんの方だけにすればいい」

「無理。だって後藤田《ごとうだ》先生とも約束しちゃったし」

私は、母校の図書館長になる予定の後藤田先生の名前まで挙げて説明した。

「先生の、図書館の仕事も手伝うことになってるの」

「何それ。じゃあ、先生はあなたの人生の責任を取ってくれるの？　その図書館の仕事はこれから定期的にくださるの？　それは約束できてるの？」

そこまで言われると、口ごもるしかない。

「じゃあ、せめて、あの店、鷹島古書店の権利は将来的にはあなたのもの……あのビルはあなたに相続させるって約束くらいはさせてもらいなさいよ」

そこで私は思い出した。母の当初の目的である、珊瑚さんの様子を観察し報告する……つまりはスパイするということの方の連絡を怠っていたことに。

つまり、本当は母が一番気にしていた、珊瑚さんが誰《だれ》かと付き合い、そして結婚することによって、万が一何かがあった時、あの店やビルが、結婚相手の方に行ってしまうのではないか、という心配を。

「……あの、実はさ、言うの忘れてたんだけど、珊瑚さん、最近付き合っている人がいるみたいなんだよね……」

自然に声が小さくなってしまった。

「えええ⁉」

珊瑚さんから東山さんと付き合うことになった、という話を聞いた時、それをすぐに母に言うことはちょっと抵抗があった。

母のことだから、すぐにアクションを起こしそうだし、下手したら珊瑚さんに向かって直接、「どういうお付き合いなんですか?」くらいは聞きそうだ。

それに、付き合い始めの微妙な二人になんらかの外の力が働くことはよくない気がした。

まあ、そういう言いわけを心の中でしながら、報告を先に先に延ばしていたのだった。

「どこの男!」

その尋ね方も単刀直入すぎる。

「北海道の……東山さんて人」

「どんな人？」

「知らないよ、よくは。でも素敵な人だよ。そうねえ、ちょっと渋くて……北海道を舞台にした映画に出てくる俳優さんいるじゃん、あの人みたいな……」

「大泉洋《おおいずみよう》⁉」

「なわけないじゃん。若いし、渋くないでしょ」

「あ、高倉健《たかくらけん》⁉」

「そう！　それ！　あの人を優しくした感じ」

「高倉健を優しくした感じ……やだ、完璧《かんぺき》じゃない。いいえ、違うのよ。私が聞いているのは、どの程度のお付き合いで、今後、結婚の可能性はあるのかっていうこと、お相手はどういう資産状況なのか、あ！」

　母は大きな声を出して手を打ったが、その思いつきはあまりよいことではないようで、一緒に顔をしかめた。

「その人のご家族は？」

「どういうこと？　東山さんは独身だよ」

「当たり前でしょう、そんなの。じゃなくて、お子さんや兄弟はいるのか、ということ」

「知らないよ。何度か、店で会っただけだもの」

「じゃあ、それとなく、珊瑚さんに聞いてみてよ」

「いやだよ」

「私の言うこと、図々《ずうずう》しくて馬鹿みたいだと思っているんでしょうけど」

あまりにも図星を指されて、私は黙った。

「でも、あなたの将来に直結してくることなんだからね。あの店を手伝って、自分ではいっぱしに経営して、店主だと思っていても、万が一、珊瑚さんに何かあって、その東山さんが相続することになったら……店もビルも売られてしまってあなたの行くところはどこもなくなってしまうかも。それに、東山さんがあなたに店の経営を任せてくれても、そのあと、何かあって、東山さんの家族に相続されたとしたら、さらに、あなたの未来はわからなくなる」

そう言われると確かにそれはそうで、私は一瞬、言葉に詰まってしまった。

「ちゃんと、珊瑚さんに話した方がいい」

「……大丈夫だよ、きっと珊瑚さんはわかってくれる。だって、珊瑚さんの方から『店をやって欲しい』って言われたんだよ」

「そうね。だけど、人は何があるかわからない。それは滋郎さんを見ていたらわかるでしょ？」

店で突然倒れて、そのまま亡くなった珊瑚さんの兄、滋郎さんのことを言われると、ぐうの音も出なかった。

「そんなこと……なんて言ったら良いのかわからないよ」

「素直な気持ちを言ったらいいの。この店が好きだから将来のことが不安とか、自分の将来が不安とか」

「うーん」

というような身も蓋《ふた》もない話し合いがあったのだが、一つ良かったのは、母が珊瑚さん東山さんの相続権に夢中なあまり、「新卒で正社員として就職」ということの方はうやむやになったことだ。

しかし、母はさらに私の想像の上を行き、「北海道に人をやって、その東山という人の素性を調べないといけないかしらねえ」とつぶやいた。

いやはや、本当に身も蓋もない女、芽衣子。

そんなわけなので、岡田（実際には三分の二が別の苗字になっているのだが）三姉妹を前にこんなに緊張している母を見ていると、ちょっと「ざまあみろ」という気持ちにもなるのだった。

「ねえ、あたしね、こんなものをお持ちしたのよ」

三女の秋子さんが手持ちの紙袋から小ぶりの額を出した。

「あら」

「まあ」

私を含めた四人の女がそれをのぞき込んで、自然に歓声を上げた。

それは二十センチ角くらいの木製のシンプルな額で、でも、中に赤っぽい絵が入っている。お店のようで……よく見ると本が並んでいる。

「アクリル絵の具で描《か》いた絵よ」

「リブレリィ?」

店のドアの上に「ＬＩＢＲＡＩＲＩＥ」という看板があった。

「本屋、書店という意味のフランス語よ。これは本屋の絵」

「素敵ねえ」

母が感に堪《た》えぬように言った。

「これは、私から美希喜ちゃんへのささやかな就職祝い。最近、気に入っている女性若手作家の作品よ」

秋子さんは笑いながら、手渡してくれた。

「嬉しい……本当に嬉しいです、ありがとうございます」

私は心から言った。ちょっとおしゃべりで、気取っていて、時にはうるさい伯母さんたちだが、こういう気遣いはできるのだ。

「どうしよう。この店に飾りたいけど、私の部屋にも飾りたいくらい」

「どちらでもお好きに」

「珊瑚さんにも相談してみます。これ、滋郎さんだってきっと気に入ったと思う」

私はそれを胸にぎゅっと抱いた。


そんな話をしているところに、がらっと店の引き戸が開く音がした。皆が振り返ると、青いつなぎの上下を着ていて、背中に大きなリュックを背負った男性が入ってきたのが見えた。

「ウーバーイーツ？」

私は驚いた。だって、そんなものを頼んだ覚えはないし、珊瑚さんが使っているところも見たことない。

「うちは頼んでないけど……」

「あ、ごめんなさい、私がお願いしたの。こちらはうちでバイトをしてくれている中島君」

また三女の秋子さんがさっと手を上げて、彼を呼び寄せた。

「こっちこっち」

彼は秋子さんの前でリュックをおろし、中のものを出した。特徴のある緑と赤の模様が入った大きな紙袋が出てきた。彼は皆に簡単に挨拶して帰って行った。

「なんですか?」

母、芽衣子が興味津々で尋ねた。

「これはね、日本で一番古いお弁当屋さんのお弁当なの」

「へえ、知りませんでした」

「これは私たちからのお祝い。たくさん持ってきてもらったから、ここの皆さんで食べて、余ったらご近所さんにでも配って」

本当に紙袋からは経木《きょうぎ》に入った弁当があとからあとから次々と出てくる。魔法のようだ。十はあるだろうか。

「日本で一番古い……?」

私は俄然《がぜん》、興味がわいて身を乗り出した。

「お食事処《どころ》時代を含めると、二百年以上の歴史があるそうよ」

「すごいですねえ。いったい、どんなお弁当なんですか？」

「それが、本当においしいの。白いご飯とお赤飯は定番なんだけど、季節それぞれで炊き込みご飯の種類が変わるの。それ以外のおかずはほぼ一緒、煮しめ、魚の照焼、それから、なんと言っても楽しみなのが豆のきんとん。これが私の大好物」

もう、話を聞くだけで口の中につばがたまってくる。

「豆のきんとん？　栗《くり》ではなくて？」

「今はほとんど栗になってしまったけど、豆きんとんっていうのが昔は主流だったらしいわよ」

「うわあ、食べてみたい」

「甘さも辛さも、しっかりしてるの。それが江戸料理の本筋なんでしょうねえ」

「食べ始めると夢中になるわよ」

長女の春子さんが口をはさむ。

「あたしはここの魚の照焼が大好き。ご飯がいくらでも食べられるの」

三人の言葉でさらに口の中につばがあふれてくる。

「さあ、皆でここで食べましょう」

「いえ、お姉さん、私たちは外でお茶を飲むんじゃなかった？」

「ああ、そうでした。それにこちらじゃ手狭で、皆で、というわけにはいかないわね」

「それに、お持たせを食べるのはどうかしら」

「……いえいえ、遠慮なく召し上がってください」

思わず、私が言った。

「親戚ですから、遠慮なく」

秋子さんがすかさず、目配せしてくれた。

「やっぱり、そういうわけにはいかないわよ。私たちはいったん、失礼しましょ。お店の邪魔になるし。神保町でご飯食べて、お茶をしてっていうのも楽しみで来たんですもの」

「確かにそうだわ。私、カレーが食べたい」

「いえ、この間、テレビでナポリタンがおいしいってやってたわよ」

「神保町と言えば、中華に決まってるでしょ」

またまた、やかましくしゃべりながら母を伴って去って行った。

出しなに「私はまたもう一度、お邪魔するけど、その間に美希喜ちゃん、お弁当、食べてしまってね。他の方にも差し上げてくださいね」と秋子さんは言い置いて行った。

岡田三姉妹と母が出かけると、さすがにほっとして大きなため息をついてしまった。

――悪い人たちじゃないんだけど、ちょっと面倒くさいんだよなあ。

さて、十個の弁当をどうするか、と考えた。時間は一時を少し回ったところだった。もうご飯を食べてしまった人もいるかもしれない。とりあえず、両隣……ブックエンドカフェの田村《たむら》美波さんに一つ、反対側の汐留《しおどめ》書店（鉄道関係の本を扱っている）の沼田《ぬまた》さんは店番のために奥様も来ていたので二つをお渡しした。

汐留書店は奥様だけが座っていて、もうお昼を食べてしまったけど今夜の晩ご飯になる、ととても喜んでくれた。

「あらまあ、ここのおいしいわよねえ、楽しみだわ。晩ご飯を作る手間も省けるし」

「ご存じでしたか」

「ええ、もちろん。時々、デパートに行った時なんかに買うのよ」

奥様は本当に嬉しいようで、お弁当の入った紙袋をのぞき込んでニコニコした。真っ白な髪をひっつめにして、いつも手作りのセーター（店番をしながら編んでいる）を着ている、かわいらしい方だ。

店に戻って辻堂《つじどう》出版に電話した。ここにもよく来てくれる花村建文《はなむらけんぶん》さんにつないでもらい、社員さんたちに声をかけてもらうことにした。

「ぜひぜひ、いただきます！　お昼まだだったんですよ。めちゃくちゃ嬉しいなあ。日本で一番古いお弁当ってどんなんだろう」

「十個くらいもらったんですけど、今残っているのはええと……五つなんですが」

「じゃあ、他の人にも聞いてみます。ほとんどお昼に出ちゃってますけど、まだの人もいるみたいなので……あ」

「どうしました？」

建文さんは声をひそめた。

「……社長がまだいます」

「え。辻堂社長?」

「声かけないわけにはいかないですよねえ」

「いや、それはどちらでも……建文さんが決めたら」

私はちょっといじわるく言った。

「どうしよう。僕はまず、そちらでいただいて、それから社長たちにも持って行く、でもいいかなあ」

声はますます小さく、ささやき声になった。私は思わず笑ってしまった。

「どっちでもいいじゃないですか、本当に」

「いや、まあ、そうなんですけど……この間、ちょっと怒られて、それから気まずいんです」

「むしろ、そういう時の方が一緒にご飯食べて、仲直りしたらいいんじゃないですか」

「仲直り!」

建文は小声で叫んだ。

「そんな牧歌的な言葉を使えないいんですよ。我々、サラリーマンは」

「いったい、なんでそんなに怒られたんですか?」

「いや……大切なお得意先の発注数を間違えちゃって」

「それじゃ、しょうがないじゃないですか」

思わず、呆《あき》れた声が出てしまった。

「それ、多すぎたんですか、少なすぎたんですか」

「多すぎたんです。十冊のところ、一桁《けた》間違えて百冊、用意してしまって」

「でも、不幸中の幸いですね。大は小を兼ねる、お客様には迷惑がかかってないから……」

「ええ。でも、その余った九十冊は今、僕の席の後ろに積み上げられています‼」

「やだ、かわいそう」

まあ、とにかく、声をかけてみます……最後は軽く泣きそうな声を上げながら、彼は電話を切った。

それから、小説家志望のイケメン、本田奏人《ほんだかなと》にも一応、ＬＩＮＥをしておく。彼はまた、週に一度くらいは神保町に来ているようなので聞いてみよう。

——諾《だく》
帰ってきたのは一字だけだった。

何これ、相変わらず、むかつくなあ……と思いながらスマホを置く。気取ってるし、なんなの、「食べてやってもいいよ」的なニュアンスを感じる。諾。とはいえ、声をかけてしまった手前、一つ分のお弁当は別に取りのけておくことにした。

きっと、そのうち、建文さんも来るだろうと見越して、数人分のお茶の用意をし、今日はここで店番をしながらお昼をいただくことにした。むかつく奏人のことはこれ以上考えるのはやめた。せっかくのお弁当がまずくなる。

お弁当は三種類あって、それぞれ包み紙が違っている。白飯、赤飯、たこ飯だと外にシールが貼《は》ってあった。

お祝い事だから赤飯を入れてくれたのかなあ、と思いつつ、たこ飯を選ぶ。

レジの前の椅子《いす》に座ってその包みを置いた。中に二段の経木のお弁当箱が入っていた。高さ二・五センチ、幅十×十五センチくらい、なんとも奥ゆかしく、古めかしい、日本で一番古いお弁当屋さんの名にふさわしい佇《たたず》まいだ。

どれどれ……？　開けてみると、まずはぱあっと木の香り……、経木のいい匂《にお》いがした。きっと上等の品を使っているのだろう。そこにはおかずがぎっしりと入っていた。見てすぐにわかるのは、野菜の煮物……レンコン、タケノコ、インゲン、里芋などに、魚の照焼、玉子焼き、かまぼこなどである。全体に濃い茶色の色合いだ。

——いや、本当に茶色、まっ茶のお弁当だ……。

まず、真ん中に入っていたタケノコを箸《はし》でつまんだ。タケノコの中でも、根元の太いところを輪切りにしてある。半分ほどかじってみた。

「あまっ」

激甘の煮物だった。でも、醤油《しょうゆ》も利いているから、ものすごくご飯に合う味付けだ。

ご飯の方の経木も開けてみた。たこ飯は薄紅色のご飯に切ったたこが点々とのっていた。一口食べると優しくほどよい塩味で、甘いおかずにちょうど良い。

魚の照焼もかじってみる。きっちりと固く煮しめてあって、噛《か》みしめると魚の旨《うま》みがにじみ出てくる。一見、ただの魚の照焼なのだが、その旨みが半端なく、いったいどうしたらこんなにおいしく魚を料理できるのか、と思う。当然、ご飯によく合う。包み紙をもう一度よく見ると、そこには「めかじきの照焼」とあって、魚がめかじきだとわかった。

端っこに細かく刻んだ、これまた濃い茶色の漬物のようなものが入っていて、つまんでみたら、ショウガの佃煮《つくだに》のようだった。ショウガの辛みがぴりりと利いていて、おいしい。

――これ、このまま、お酒のおつまみにもいいなあ。

そして、一番楽しみだった玉子焼きを食べようとしたところで、辻堂社長と建文さんが入ってきた。

「いらっしゃいませ」

「いや、花村に聞いたんだけど、いいの？　俺《おれ》らまでお相伴にあずかっちゃって」

その後ろから入ってきた建文さんが、社長には見えないように軽く目配せした。どうも、仲直りしたらしい。

「もちろんです。たくさんいただいたから、どうぞ」

「ありがたいねえ。あそこのお弁当は一度だけ食べたことがあって、ぜひ、また食べたいと思いながらなかなかその機会がなかったんだよ」

「あ、社長は食べたことあるんですか」

「まあ、長く東京に住んでいれば、一度くらいはね。ほら、あの先生」と、時代物を得意とする小説家の名前を挙げた。「あの人が好物でね。前の会社にいた時にお相伴にあずかった」

「さあ、どうぞ」

折りたたみのテーブルと椅子を広げ、お茶を淹《い》れて、二人に出した。社長は赤飯を、建文さんは白飯を選んだ。

二人とも古式ゆかしい弁当に驚いていた。社長は何年ぶりだろうと言いながら、「まったく変わってないんだね」と驚きを新たにしていた。

「この玉子焼き、おいしいですねぇ。最近はだし巻きが流行だけど、こういう玉子焼きがお弁当にはいいですよね」

建文さんが嬉しそうに言う。

「なあ。確かにこういうの、最近、なくなったよな。煮物だってここまで甘く辛く、しっかり煮しめてあるのはなかなかないよ。これこそ、江戸前の味なんだろうなあ」

「江戸前というのはこういうことを言うんですね」

私も二人が入ってきて途中になっていた玉子焼きを食べてみた。茶色がかった玉子焼きは、色の通り、甘味も塩味もしっかり利いた味だ。

「なんだか、懐かしくなっちゃったよ。昔、うちの母親が作ってくれた弁当、こんな感じだった」

「社長のお母様はお料理がお上手だったんですねぇ」

建文さんは本音ともお世辞ともつかない口調で言った。

「いや、ここまでうまくはないけどね。でも、昔の煮物って全部こんな感じだったよ。今はなんでも薄味だからなあ」

「この里芋、おいしいですねぇ。柔らかいんだけど、柔らかすぎなくて、なんていうんだろう……身がきゅっとしまっているというか。煮方が絶妙ですね」

「この弁当、ほとんど中身を変えずに、何十年もこのままでやってきたんだろうなあ」

「それで、未だに東京のデパートの地下には何軒も店があるんだから、すごいものですよ」

私は二人の絶賛を聞きながら、箱の端……左上の隅に詰まっていた、半透明のねっとりしたものを口に入れた。

「ちょっと！　ちょっと！　これ、めちゃくちゃおいしい」

今まで食べたことのない、おいしいものが口の中に入った。これが伯母が言っていた、豆のきんとんなのか……。

「私、これ、栗きんとんよりずっと好きかも」

社長もすぐに口に入れた。

「これは白あんのうまさだな……栗きんとんは芋だから、こっちの方がずっと品がいい」

「いや、社長、白豆よりサツマイモが下品なんて、差別ですよ」

建文さんが軽口を叩《たた》いて、社長がぐっとにらみつける。ああ、やっちゃった、一言多いんだから、建文さんは……とひやっとしたところで、社長が笑い出した。

「そりゃ、違いないな」

建文さんもほっとした顔で笑った。

一時半を過ぎ、辻堂出版の人たちが会社に戻った頃、奏人がやってきた。

「こんにちは」

　こちらはまた、打って変わって愛想がない。誘ってやったのに、にこりともしない。

　奏人は小説家志望の二十代後半の男だ。いつも黒ずくめの服を着ていて、でも、それは面倒だから黒を着ている、というわけではなく、ちゃんと素材を吟味してるのを見ると、結構、おしゃれな人なのだった。

　一度、どこかの文芸誌の文学賞の最終選考に残ったことがあるらしく、自分を作家と思っているようだし、最近は知り合いの編集者に小説を提出し、直してもらったりしてるようだが、それが雑誌に出るという話も聞かないし、本になる様子もない。こちらからもあまり聞かないようにしていた。

　弁当は三種類余っていたので、「白飯、赤飯、たこ飯」のどれがいいか尋ねると、赤飯を選んだ。二人が去ったあとのテーブルを勧めて、お茶と弁当を出してやると、最初に「いただきます」と言ったあと、ほとんど何も言わずに食べ出した。

　一言くらい「おいしい」とか「めずらしい」とか何か感想を言ったらどうなの？　と思いつつ、彼のような人が「赤飯」を選んだのがちょっとおかしくて、丁寧にごま塩をかけているのをじっと見てしまった。

「……どうですか」

　ごま塩をかけ終わったあとも、何も言わずに食べているので、つい、訊《き》いてしまう。小説家なら、食べ物に関する語彙《ごい》が少しはあってもいいのではないだろうか。

すると彼は勘違いしたようで、「なかなか、うまくいかないですね」とぽつり、とつぶやいた。

ああ、この人は自分の小説のこと、夢の進捗《しんちょく》状況を訊かれたと思ったのだ、お弁当の感想ではなく、とそのナルシスト、自己中心ぶりに呆れながらも、彼が自分の仕事について自ら話すのはめずらしいので、そのまま聞くことにした。

「前に、ここで話した『本病《ほんびょう》』について書いているのですよ」

「あ、ここというか、文壇バーで話したことですね」

以前、私と建文さんとそして、この奏人と三人で文壇バーに行ったことがあった。その時、紙の本を読むこと、本を開くことで次々と感染する、そういう未知のウイルスが流行《はや》ったらどうなるのか……という話をしたのだった。そして、彼はそれを小説にしたい、と帰って行った。

「結構、おもしろく書けたと思うんですが」

「ふーん」

「編集者はそれを既存の小説に似ている、と言って」

「なるほど」

「大幅な改稿を求めてくるのです」

「どんな話なんですか」

私は初めて小説の中身に興味を惹《ひ》かれて尋ねた。

「冒頭の舞台は近未来の東京なんですが、ある男の恋人が病気にかかるんです。肺の中に何か異物が入っていて、レントゲン写真に撮ると、それが本の形に似てる……」

「『うたかたの日々』？」

私でも知っている本の名前が自然と出てきた。奏人は赤飯を嚙みしめていた口元をはっきりとゆがめた。

ああ、そんな顔でお弁当を食べないで欲しい。せっかくの二百年前から続く、江戸の味なのに……。

「なんでわかるんですか」

「いや、なんとなく、誰でも思いつくことを言っただけです」

「や、わかってもいい。でも、僕はそれはリスペクトだと思う。ある一部が似ていて、何が悪いのか、と思う。でも、編集者は、僕の小説の案をとてもいい、と認めつつ、それはパクリ……」

その言葉を口にする時、彼はまた、はっきりと顔をしかめた。自分の小説がパクリという軽薄な言葉で表現されて、つらいのだろう。

「だと言うんです。ひどくないですか」

「まあ……」

私はわからないが、リスペクト——古典で言えば「本歌取り」というのだろうか、それがあってもいいが、それが新人作家の作品だとしたら、あまり良くないのではないだろうか、と思った。ある程度、実績のある作家なら認められるだろうが、新人は少なくともデビュー作はオリジナルで勝負した方がいいような気がする。

「せっかくおもしろい設定なのだから、もう少し直して、パクリ……いや、リスペクト部分を取り除いたら、雑誌掲載も夢じゃない、と言う」

「なるほど」

「もう、あの人に見せるの、やめようかなあ。自分が思う通りに書いて、どこかの文学賞に出した方が早道なんじゃないか、と最近は考えているんですよ」

それはどうなんだろう。知り合いの編集者にさえ、パクリかリスペクトかわからないと言われる作品を賞に応募して、ちゃんと選考に残るのだろうか……。だいたい、その編集者だってあまりよくは思わないのではないだろうか。

まあ、私はそっちの面では素人だし、下手に口出しして彼の、小説家への芽を摘んでしまってもいけないと思うし。

「ただいま」

そんなことを考えて迷っているところに、珊瑚さんが帰ってきた。

「ああ、お帰りなさい」

私はなんだかほっとした。どうも、奏人と二人で話していると気まずくなってくる。

「あらまあ、なんだか、良い匂い」

「秋子伯母がお祝いをくれたんですよ」

私はもらった絵を見せ、お弁当の説明をした。

「そうだったの。ありがたいわねえ」

「珊瑚さんの分も取ってありますから、夜ご飯にでも食べてください」

「嬉しい。でも、そんな話を聞いたら、すぐにでも食べたい感じ。お昼が少なめだったから、お三時にでもいただこうかしら」

珊瑚さんの飽くなき探究心と食いしんぼ心がうずいているようだった。

「奏人君も久しぶり」

彼は重々しくうなずいた。

「何を話していたの？」

「実は……」

私は珊瑚さんにも話していいか、彼に断ってから今までの話を説明した。

「なるほど。リスペクトとパクリの間に……ってわけね」

本当は奏人の今後の小説家人生……編集者との関係なんかの方が重要な問題のような気もしたが、さすがは珊瑚さん、そのあたりはさくっと聞き流して、小説本来の問題に戻したのは年の功と言うべきか。

「リスペクトってその名の通り、元々の作品に尊敬があるかどうか、って話じゃないの？」

珊瑚さんが素直に言った。

「まあ、そうですけど、その尊敬っていうのも自分が言い張ればいいものになってしまう」

「それはそうかもしれないわね」

急に声が聞こえてきて、はっと振り返ると、そこにはいつ戻ってきたのか、お昼から戻ってきた、秋子伯母がいた。

「あ、お帰りなさい、いたんですか」

私は驚いて、尋ねた。

「ちょっと前に戻ってきたのに、皆さん、熱心に話されているから、遠慮して本を見ていたのよ」

秋子さんはにこにこしながら言った。

「お土産をいろいろとありがとうございました。あたしもあとでお相伴にあずかります」

珊瑚さんが深々と頭をさげた。

「いえ、美希喜ちゃんが無事、希望の職業に就いた、と聞いて私も嬉しくて」

秋子さんは言った。

「私も、ちょっと商売をやっているんですよ。だから、お互い、よろしくお願いします。頑張っていきましょうね」

「はい、少しだけはうかがっておりますが」

私は二人の間に入って、秋子伯母の「商売」について詳しく説明した。

「あら、それじゃあ、ちょっとなんてものじゃないじゃないですか……こちらこそ、いろいろ教えてくださいい」

珊瑚さんはまた頭を下げた。

その様子を、自分のことがほったらかしにされた奏人が黙って見ていた。

「あらあら、横入りしてごめんなさい。私もお話が漏れ聞こえてきて、いろいろ思うところがあったものだから」

「そうですか」

それでも、奏人はにこりともしない。

「ちょっと待ってくださいねえ、この店にはあるかしら」

伯母が文庫の棚のあたりを見始めた。

「なんの本ですか」

「森瑤子《もりようこ》さんはご存じ？」

「もちろんです！」

奏人の代わりに、珊瑚さんが答えた。

「昔はよく読みました。これが東京の上流階級……今で言うとセレブ、というのかしら。そういう人たちの生活なのかと、北海道に住みながら憧れましたよ」

「ねえ、素晴らしいわよね」

「そういう豊かで、きらびやか、夢のような生活なのに、やっていること、悩んでいることは私たち庶民と同じで、夫婦関係や恋人関係が日常のささいな出来事で壊れたり、崩れたりするのがまた、身につまされておもしろくてねえ」

「なるほど」

私はうなずいた。

「美希喜ちゃんは知らない？」

「はい。寡聞にして読んだことありません」

「亡くなって、そろそろ三十年近くなるからねえ」

「僕は読みましたよ」

「え、そうなの?」

奏人の意外な読書遍歴に皆が驚いた。

「さすがに、小説家志望ねえ」

「違います、それだけじゃありません。森瑤子さんはもともとは純文学出身なんです。デビュー
は純文学の文学賞の『すばる文学賞』ですから」

「あら、そうだったの」

「だから、受賞作の『情事』は読んでますよ」

「いずれにしろ、すごいわ」

「あ、あったあった」

秋子さんが本棚から二冊の本を探し出してきた。

「あら、これ……」

一冊は今話に出ていた森瑤子著『イヤリング』、白地にマニキュアの瓶を描いた華やかな表紙
である。もう一冊は川端康成《かわばたやすなり》の『掌《てのひら》の小説』……。

「これは読んだことある?」

彼女は奏人に差し出した。

「『掌の小説』はもちろん、読んでます。十代の頃は何度も読みました。でも、『イヤリング』は

知りません」

「この中にね、『一等待合室《ファースト・クラス・ラウンジ》』っていう小説があるの。それから、川端の方には『三等待合室』」

「え、題名が……」

「そうなの、よく似てるでしょ。この小説を両方読むと、リスペクトということの意味がわかってくると思うのよ」

「伯母さん、本、お好きなんですね」

「たいして読んでないわよ。人並み程度」

「いいえ、すごい読書量です」

「昔から旅行が多いでしょう。海外も国内も飛行機に乗る前に本を買い込んでまとめて読むのが楽しみなのよね。昔は飛行機に乗ってすぐはすべての電子機器の電源を切らされたじゃない？だから、紙の本がいいのね。今はそううるさくないけど。飛行機というすべてが遮断された空間で、紙の本に集中する感じが本当に楽しいの。それで、まずは川端の方だけど……」

「確か、上流階級の……人妻と不倫をしようとしている男の話でしたよね」

奏人が急《せ》き込むように口をはさむ。彼にしてはめずらしい。興味を持ったのだろう。「若い男が彼女に会うために駅に行く……彼女に三等待合室で待ち合わせしましょう、その方が目立たないから、と提案されて。でも、待っているうちにだんだん疑問が湧いてくる。あんなに上品な人が三等待合室を提案してくるなんて、彼女はもしかしてこういうことに慣れた女なのではないだろうか、と」

「そうなの。結局、彼女は現れないんだけど、その理由は彼が考えたのとはまったく違う理由なのよね」

伯母さんはうなずいた。

「ある種のミステリーというか、短い作品だけど最後にすべてがひっくり返される感じがおもしろくて印象深い作品でした。それで、森瑤子さんの小説の方はどんな話なんです?」

「こちらは空港の一等待合室……ファースト・クラス・ラウンジで起こる、女と男の物語なんだけど……こちらも最後にいろんなことがひっくり返される。いや、話の途中から、いろんなことがくるくるとひっくり返されながら、ラストに進んでいくと言ったらいいかな。こちらもある種の、男女のミステリーだからぜひ、自分で読んだ方がいい」

「もちろんです」

奏人は文庫本を手に取って表紙を見つめた。

「すごく楽しみです」

「毎度あり!」

私は彼が本を開く前に、さっと奪った。

「三百円です」

「ここで読ませてくれないのか……貧乏小説家から金を取るのか……」

ブツブツ言いながら、でも、少し楽しそうに彼は財布から小銭を出した。

「題名や舞台が似ているだけじゃないの。視点……登場人物たちの視点、読者の視点、作者の視点、それがどこにあるか、その変化によって物事が変わっていく、その移り変わりに共通点があるのよ」

「なるほど」

「『三等待合室』には巡礼の男と刑事が出てくるでしょう？　それも注目して。あれもまた、視点の変化によって変わり、彼が恋した女も変わり……あら、話しすぎちゃった」

伯母が若い頃に海外の美術学校に留学していたことは知っていて、美術の人、というイメージだったので、こんなに読書をする人だとは思わなかった。

「わ、いいなあ。私も読みたくなってきた」

「貸さないよ」

奏人がこちらをじろっとみる。

「じゃあ、あなたが読み終わったら買い取るわよ。百円で」

「安いな」

「いえ、高いわよ。普通の買い取り価格に比べたら破格の値段よ」

「たぶん、これは家に置いておきたくなるから、売りませんけど」

彼と話していると、いつもこういうけんか腰になるな、と思った。

あたしは三人が話しているのを聞いていて、やっと決心を固めていた。話せる本屋というコンセプトはどうだろうか。滋郎兄の時代とは違うかもしれない。だけど、今のこの店は風通しが良くて、いろいろな人が来て、話して、できたら本を買ってくれる、そんな店にしたい。というか、すでにそういう店なのだ。だから、それをあたしはそっと背を押してやるだけでいいのだ。

秋子さんと奏人君が帰って行くと、美希喜ちゃんがお茶を淹れてくれた。

「珊瑚さん、お昼は何を食べたんですか？」

「お蕎麦《そば》よ。とろろ蕎麦をさあっとね。帰りにブックエンドカフェに寄ってコーヒーを飲んできました」

「あ、コーヒー飲んでたんですか」

「ちょっと喉《のど》が渇いてしまって……コーヒーが飲みたかったものだから……あ、最近、ブックエンドカフェにも行ってなかったし」

実は、あたしは、まるで芽衣子さんをさらに強力にして、三倍にしたようなあのご姉妹がちょっと苦手で、それでいろいろ理由をつけて、時間を潰《つぶ》したのだったが、それはごまかした。

「じゃあ、お三時代わりにお弁当、少し食べません？　珊瑚さんにも江戸前の味の感想を聞きたいです」

「そうね、少しお味見しようかしら。残りは夜食べればいいわよね」

美希喜ちゃんがたこ飯のお弁当を出してくれた。きっと、珊瑚さんはたこ飯が好きだと思って、と取っておいてくれたようだった。あたしはそれをテーブルに広げた。

「あらまあ、これはこれは……懐かしい味だわねえ。確かに、昔のお弁当や料理屋のおかずはこんな感じの味付けだったわよ。おいしいわ」

あたしは里芋の煮物やめかじきの照焼を食べて言った。

「最近はなんでも、薄味ですものねえ。特に日本食は。ラーメンや洋食は濃い味なのに」

「そう言われればそうですね」

「だから、今、逆に新鮮だわ」

美希喜ちゃんはレジのところから出て、めずらしくあたしの前に座った。

「……すみませんね、なんか、身内がお騒がせしちゃって」

「とんでもない、楽しかったし、ありがたいわね。お祝いまでいただいて」

「珊瑚さん、秋子さんの絵、この店のどこかに飾っていいですか?」

「もちろん。素敵な絵だもの。逆にいいの? 美希喜ちゃんがもらったのに」

「ここに飾らせてもらったら嬉しいですけど、どこがいいか……」

店の三方はもちろん、びっしり本棚が並んでいるし、他に、二列の本棚があり、どこもかしこも本がある。美希喜ちゃんはきょろきょろ見回した。

「やっぱり、このレジのあたりがいいんですかね」

そこには滋郎兄が美希喜ちゃんに贈った、本居宣長《もとおりのりなが》の『玉能小櫛《たまのおぐし》』の額があった。彼女はその下の場所に絵を当てた。

「このあたりに……」

「いえ、それじゃあ、絵がかわいそう。狭くて」

「でも、他には」

「場所を作りましょ」

「え」

「その絵が生きるような場所を作りましょ。美希喜ちゃんが言ってくれたように」

「え。えー！」

美希喜ちゃんの顔がぱあっとほころんだ。

「考えてくれたんですか？」

「うん。決心した」

あたしは今、自分が座っているレジ横のスペースを見上げる。本棚にはぎっしり、滋郎兄が探してきた本が天井まで並んでいた。それは美しい光景だった。

「この場所は滋郎兄さんがいた頃はこの店の心臓部分だったし、店の特色でもあったと思うの。兄が厳選した本、来てくださる専門家の人たちが喜びそうな本、それを並べて、見てもらう。だけどあたしには……あ、美希喜ちゃんには十分、その知識があるのよ、だけど、あたしにはそんな知識も能力もない。だったら、今みたいに本を読んで、皆が楽しんでお話しして買ってくれる。それがあたしの店の、いえ、あたしと美希喜ちゃんの店のいいところになると思うの」

「ありがとうございます！　すごく嬉しい」

「今、ここにある本はバックヤードとあたしの家に移しましょう」

「そうですね。あ、私、目録作りますよ。それを常連さんたちに見てもらいましょう。あと、後藤田先生にもお話しして、もしかして、大学の図書館で買ってもらえそうな本があったら引き取ってもらいましょう」

あたしは楽しそうに話している美希喜ちゃんを見ながら、心の中で話しかけていた。

ね、兄さん、いいわよね。兄さんが一番大切にしていた場所だったかもしれないけど、あたしたちに任せてくれるわね、と……。

「でね、珊瑚さん、私、考えたんです。普通のコーヒーと、コーヒーに百円足して、本付きコーヒーも用意したらどうだろうか、って」

「本付き？　それじゃまるで、モーニングセットみたい。コーヒーに本はいかがですか？」

思わず、笑ってしまった。

「そう。それを注文してもらえたら、お話をして私たちが何かその人に合いそうな本を選んであげるの」

「あら、それじゃあ、赤字じゃない？」

「もちろん、文庫中心です。店の前に置いてあるような」

「ああ、少し古い文庫ね」

「そう、あの一部をこちらにも置いて……あ、文庫だけじゃなくて、お安めの単行本とかも」

「確かに、文庫より安い単行本もあるものね」

「文庫は名作中心になりますかねえ。私たちが読んだ本から選ぶようになるから」

「確かにね」

「その人のことが今ひとつわからなくても、この本は一度読んでほしい、みたいな本は常時仕入れないと」

仕入れ……そうだ、今はまだ買い取りしかやってなくて、店に古本を持ってきてくれる人のを買うだけだが、今後は市場で仕入れも始めなくてはならなくなるだろう。

「でもね、美希喜ちゃん、隣にカフェがあるのに、ここでお茶を……ただで飲ませるだけじゃなくて、お金を取って飲ませるのは少し悪い気がするのよ。美波さんにも」

あたしは前に少し話した懸念を、さらに美波さんの最近の様子を含めてもう一度説明した。以前は、そこまでは詳しく話していなかったからだ。

「あ、それも考えてみたんです。大きな解決になるかはわかりませんが、美波さんの店からコーヒー豆を仕入れることにしたらどうでしょう?」

「豆を?」

「美波さんはコーヒーにも詳しいから、うち用にブレンドしてもらってもいいかもしれません。で、ここで出すのは、そのコーヒーのみということにして……どうしてもコーヒーが飲めない人には日本茶でも出すことにする、とか」

「なるほどねえ」

「正直、本を一冊いくらで売ることでの売り上げって、仕入れもかかるし、ごくわずかですよね。

ここで一杯でも二杯でもコーヒーを飲んでくれる人がいたら、すごく助かります」

「それは、確かにね」

あたしも日々の売り上げのことを考えると、うなずかないわけにはいかなかった。

「ではその代わり、店の前の本は今のまま、三冊二百円のままでもいいかしら」

「え」

美希喜ちゃんは驚いて目を見開いた。

「さすがに安すぎません？　前も言いましたけど、このあたりの店ではどこも三冊なら倍以上の値段をつけてますよ。五百円でも高いとは思えません」

「でもね……」

あたしは迷い迷い、言葉を選んだ。

「この店は、美希喜ちゃんも知っているように家賃がかかってないでしょ。そのくらい安くてもそんなに大変じゃないのよ。だから……」

「そうですか……」

「朝ね、店を開けるでしょ。その時、兄の字を見るとちょっとほっとするのね」

「字？」

「三冊二百円の値札の字」

「あ、ああ、あれ、滋郎さんの字でしたか」

「そうなの」

美希喜ちゃんは気がついていなかったらしい。

「もしかして、それですか」

「何が？」

「珊瑚さんが二百円に固執する理由」

固執だなんて……と絶句したが、その衝撃が落ち着いてくると、なるほど確かにそうかもしれない、と思った。

あたしはこだわっていたのか、あの字に、兄の懐かしい字に。

「値段はあのままにしておきましょう」

美希喜ちゃんの優しい声が聞こえた。顔を上げると微笑《ほほえ》んでいた。

「いいの？」

「もちろんです……これから、仕入れも始まるし、忙しくなりますね」

「忙しくなったら嬉しいのだけれど」

「絶対、忙しくなりますよ」

美希喜ちゃんは楽しそうに言った。

あたしはまだそこまで自信が持てなかった。だけど、今は不安をぐっと抑えて若い人について行ってみよう、と思った。

第二話

侯孝賢監督『珈琲時光』

と「天ぷらいもや」

鷹島古書店の改装工事が始まった。

レジ脇《わき》のスペースの本棚を三つ片付け、テーブルを二つ置くことで喫茶コーナーにするだけ、という軽い気持ちで始めたのだが、そんな甘いものでないことがすぐにわかった。

まず本を取り出し、あたしの高円寺《こうえんじ》の家や店のバックヤード、大学の図書館に移すだけで一週間かかった。通常の業務の中で目録を作るなど細かい作業がすべて終わるまでにはさらに数週間を要した。すでに少しガタがきていた本棚の処分はさまざまな業者をあたって一番安いところに決めた。そのために店から出すところまでは上の辻堂出版の若い衆にお世話になった。

建文君をはじめとした数人の若い男性が腕まくりしながら降りてきてくれて、皆で「いっせーのーせ！」と声を合わせて持ち上げた。

「うわっ」

本棚を移動したところで誰ともなく、そんな声が漏れてしまった。

「これは……」

「ひどいな」

「いったい……」

棚の裏側の壁にびっしりカビが生えていたのだ。

壁は漆喰《しっくい》で塗り固められて（それが漆喰だったのか、ただの壁紙だったのかなんて、これまでほとんど気にしたことがなかった。天井まで本棚で埋め尽くされていたので）いたのだが、それは元の色がわからないくらいカビで黒くなっていた。

「珊瑚さん、こりゃ、なかなかやっかいだぞ」

若い衆たちを貸してくれた辻堂社長が、彼らから連絡を受けたのか、慌てて降りてきてくれて、呆然《ぼうぜん》としているあたしと美希喜ちゃんに言った。

「ですよね……」

少しだけ早く気を取り直してくれた美希喜ちゃんがうなずいた。あたしはまだ立ち直れてなかった。

「このまま上に壁紙を貼《は》ってごまかすわけにはいかないだろう」

「はあ」

あたしはため息と一緒に返事をした。

全員、マスクをしたお互いの顔を見合わせた。マスクがなければ、アレルギーがなくてもくしゃみが止まらなくなるような光景だった。

「この漆喰のカビ部分だけ削れば大丈夫ではないですか」

建文君が、あたしたちのショックをできるだけ和らげようとしてくれたのか、そんなふうに提案した。

「いやあ、ダメだろ。そんな甘いもんじゃない。他の壁もカビてんだろう」

社長は、そんな彼の気持ちを知ってか知らずか、あっさり言い捨てた。

「とにかく、餅《もち》は餅屋だ。うちの内装もやってくれた工務店さんを呼んでみるか。ここの内装をした会社がわかればそこでもいいし」

「いえ、それはまったくわかりません」

「昔の記録ないかい？　領収書なんかが置いてあってもおかしくない」

「どうでしょう」

あたしたちは本と本棚を片付けたら、そこに素敵なテーブルと椅子を置いて、それで済むと思っていたのだ。アンティークのテーブルもすでに高円寺の店で物色していた。

あたしはもう、唖然《あぜん》としてしまって、これから領収書なんかを探すと思うと気が遠くなるような気持ちだった。

「いや、ここをこうした時のでなくても店舗やビルはちょこちょこ直しているはずだから」

そんなことをいきなり言われても。

「あ、あの税理士の先生に聞いてみたら」

「確かに。それはいいかもしれません」

「ここのビル全体を頼んでる工務店が絶対、あるはずだよ。階段とか、ポストとか何度か直しているんだから」

方々に連絡してやっとわかったのは、ここ数年、というか領収書を保管している期間にはほとんど工務店のお世話になっておらず、ちょっとしたビルの不具合はどうも滋郎兄本人が直していたらしい、という事実だった。

結局、辻堂出版の内装工事をした工務店さんを紹介してもらって、翌日、来てもらうことになった。とりあえず、二日間、臨時休業することにした。

「店は無理したら開けられますが、あのカビを見たら引かれますよね」というのが美希喜ちゃんの意見で、それはあたしももちろん、同感だった。


その日の夕方、あたしたちは神保町の「狐兎《こと》」というお店にめずらしく二人きりで訪れた。

狐兎は京都のおばんざいと日本酒を取りそろえている店で、繊細な料理がどれもおいしい。

美希喜ちゃんが建文君に教えてもらったらしく、最近のお気に入りのようだ。予約の電話をしている時、横にいた彼も来たそうにしていたけど、二人でしか話せないことがたくさんあったから、あたしも今回はめずらしく無視することにした。

「これまで、本やなんかにカビが移らなかったのが不幸中の幸いだったわ」

あたしは最初のビールをぐっと空けて、はあっと今日何度目かわからない、大きなため息をついて言った。

「滋郎さんに健康被害がなかったのも奇跡です」

「でも、滋郎兄さんは結構、鼻をかんでたわ。あれ、スギ花粉症だ、秋の花粉症だって言ってたけど、本当はカビのアレルギーだったのかも。実家に来ると『やっぱり、北海道は花粉が飛んでなくて具合がいいなあ』なんて言ってたけど、ただ単に店のカビから離れられたおかげだったのかも」

「うわあ」

美希喜ちゃんはさっさとビールを飲み干し、「ね、日本酒にしましょう。今夜は私がおごります」と言いながら頼んだ。

「かわいそうに、兄さん……」

あたしはまた、あの真っ黒なカビを思い浮かべながら、ぞっとして身体《からだ》が震えた。

そこで、店主さんがさまざまなお惣菜《そうざい》を並べてくれたから、あたしたちは自然に話をやめた。

この店ではいつも「適当に見つくろって」とお願いすると、さまざまなおいしいものを出してくれる。

ぽってりと色よく焼き上げられた玉子焼き、大きいけどぺろりと食べられてしまう肉団子、魚の煮付け、牛肉の甘辛煮、しらたきの山椒《さんしょう》だき……どれも家庭のお惣菜のメニューのようで、それとは違うレベルのおいしさを見せてくれる。

「明日、専門家に見てもらえれば、なんらかの解決方法が見つかるでしょうが」

美希喜ちゃんはしらたきの山椒だきで今度は日本酒をぐっと空けた。今夜はとことん飲む気らしい。

それはあたしも同じだ。どうせ、明日明後日《あさって》は店が休み、辻堂社長が紹介してくれた工務店さんが来るだけなのだから飲まなくちゃ、今日のショックから立ち直れない。

「それがどういうことになるか……どの程度の改装が必要となるか、覚悟が必要ですよね」

「やっぱり、そうかしら……」

「そんなに気を落とさないで」

美希喜ちゃんはあたしの肩をなでた。そんなに気落ちした顔をしているのだろうか。自分の顔は見えないけれど。

あたしはカビのことでがっかりしてるのもあったし、せっかく、美希喜ちゃんが手伝ってくれることになったのに、初《しょ》っ端《ぱな》から店の修理で長期的に休まなくてはならないかもしれない、ということにも申し訳なく感じていた。

「大丈夫、覚悟はしてる」

「じゃあ、言いますけど」

美希喜ちゃんは決死の覚悟、という表情で言った。

「あのカビ、辻堂社長が言うように今回動かした本棚だけでなくて……」

彼女が言いかけた時、あたしは両耳をふさいだ。

「ああ、言わないで、それだけは言わないで」

美希喜ちゃんはしばらくあっけに取られたあと、笑い出した。しかし、それが終わると、あたしの手を耳から剝《は》がした。

「言わないわけにはいきません。珊瑚さんだって、わかってるんでしょう?」

「はい……」

あたしはしおしおとうなずいた。

「あのカビ、店の壁全体に行き渡っている可能性があります」

あたしは返事の代わりに大きく大きくため息をついた。

「というか、そういう可能性の方が高いかもしれません」

「ああ、どうしたら」

「だとしたら、この際、本と棚のすべてを取り払って、すべての壁を直さないと……」

「ああ、やっぱり、それ以上は言わないで」

あたしはもう一度、耳をふさいだ。


「これは誰か素人がやった修理ですねえ」

辻堂社長が呼んでくれた工務店の人が漆喰の一部を剝がして言った。飯尾《いいお》工務店という店で、社長の名前も飯尾さんだった。辻堂社長とは長い付き合いらしい。

「我々がやるより、塗り方が厚ぼったいんですよ。完全に乾いてなかったのかなあ、その上に本棚を置いちゃって、カビが生えたのかもしれない」

「なるほど」

社長が、自分が呼んだ責任も感じているのか、その日も来てくれた。そして、職人さんの隣で、腕を組んでうなずいた。

あたしたちは脇ではらはらして見ているしかない。

しかし、あたしは昨日一晩寝たことで、少し元気が出ていた。というか、なるようにしかならない、ともう諦《あきら》めの境地に至っていた。

「どのくらい、古いもんかい？」

「どうでしょう、まあ、二十年というところでしょうか。もっといくかなあ？」

「うーん」

社長はまた腕を組んでうなる。自分の記憶を絞り出すように。

「つまり、今世紀の初めだな。あの頃、確かに、店を長いこと休んでたわ。このビルを買ってから十年くらいが経《た》って、いろいろガタがきていて……水回りなんかも直さないといけないし、でも、まだローンを払っていたし、あの頃が一番、滋郎さんが苦しかった時代かもなあ」

「そうだったんですか」

あたしは初めて聞く、兄の話に胸を突かれた。

兄はいつでもどこかのんびりとのほほんとしていて、その頃は両親も存命だったけど、父は具合が悪くて……仕送りもたくさんしてもらっていた。兄は「大丈夫、大丈夫」と言っていたけど、そんなにつらかったのか。

「店がボロボロで直さなければならなかったけど、自分でやるしかなかったんだろうなあ。ビルの水回りやなんかを先にしなければならないし」

「そうだったんですね」

「それから、ミレニアムの頃は海外に行ってたような気がする。ヨーロッパがどんなふうに今世紀を終わらすのか見たいとか言って」

「ああ、確かに」

あたしも思い出してきた。あの頃、お正月に帰ってこなかったことが何度かあった。ロンドンのミレニアムの年越しの花火をテレビで観《み》ながら、「兄さんは今頃、あのあたりにいるのかしら」と考えたことがあったっけ。

あたしたちが感慨にふけっていると、工務店の人が言った。

「で、どうします？　とりあえず、この漆喰は全部引っぺがして壁にヤスリをかけて、また漆喰を塗るか、壁紙を貼るしかないですけど……」

そして、彼は腰に腕を当ててぐるっと店を見回した。

あたしと美希喜ちゃんは自分たち自身を見られたかのように、二人そろって首をすくめた。店全体がカビている可能性があるのはとっくにバレていることだろう。

「それをこの店全体でやるか、とりあえず、ここだけにしておくか」

「これ、すべてがカビている、という可能性もありますか？」

美希喜ちゃんがおそるおそる尋ねた。いつも元気な彼女も声が小さい。

「本棚をすべて動かさないとわかりませんが、まあ、そう考えるのが普通でしょうねえ」

あたしたちはそろって頭《こうべ》を垂れるしかなかった。

📖　📖　📖

辻堂出版の辻堂社長が店に入ってくると、急にその場が華やぐ。

鷹島滋郎はそんな気がしていた。

それは彼の持っている徳のようなもので、生まれつき備わったものだ。だからこそ、数年前、二階の弁護士事務所が、息子が弁護士になったことを機に規模を拡大し、八重洲《やえす》に移るという話が出た時、社長にその部屋を借り、出版事業を拡大することを提案した。彼の徳を信じて……。

まあ、その徳にちょっとした「やかましさ」が備わっていることは否めないが……。

「なあ、昨夜、『燭台《しょくだい》』で聞いたんだが、神保町を舞台にした映画の企画が持ち上がってるんだって？　ここの店もロケ地の候補になってるらしいじゃないか」

朝、やってくると挨拶《あいさつ》もそこそこに大きな声で尋ねられ、思わず苦笑いした。燭台はこの町の文壇バーで、社長はほぼ毎晩のように通っているらしい。酒があまり得意ではない滋郎は誘われなければ行かない店だった。

「いえ、そんな大仰なことじゃないです。映画制作スタッフのアシスタントディレクター……ロケハン係の下っ端でしょうね、あれは……がちょっと話を聞きに来ただけですよ」

「だけど、台湾《タイワン》の有名な監督が神保町を撮るっていうんだろ？　昨日は皆、その話で持ちきりだったよ」

「まあ、どうなるんでしょうかねえ。話では『いもや』も舞台になるかもしれないって」

「いもやって……あの、天ぷらのいもやか」

滋郎がうなずくと、社長はげらげら笑い出した。

「いもやが映画の舞台にねえ。そりゃ、神保町の真実が映るに違いないよ」

「浅野《あさの》忠信《ただのぶ》が主演らしいですよ」

「いい役者だよね、俺は好きだよ」

「いもやの店員が出てくるらしいです」

「え、浅野忠信がいもやの店員なのか」

「いや、浅野忠信は古本屋らしいです」

「じゃ、この店にも浅野が来る可能性があるのか？　滋郎さんの役を彼がやるわけだ」

「いや、だから、ここで撮るわけじゃないと思います。ただ、いろいろ聞かれまして。このあたりでいい店はないかとか、昼食はどこで食べるのか、とか……」

否定しているのに、社長はもう「いや、この店が使われることになったら、早めに教えてよ。その日は会社を休みにするから」と喜んでいる。

それから十分くらい話して、とにかく、この店が舞台になる可能性は低い、ということをなんとか納得してもらった。

「なんでもね、その台湾の監督がびっくりしたらしいですよ」

がっかりしている社長に、その代わりと言ってはなんだが、別の話題を提供してあげることにした。

「日本の俳優とオーディションというか、面接のようなことをしたらしいですが、皆、普通にタクシーやなんかでふらっと一人で来たり、マネージャーを一人付けて来たりするだけだったんですって」

「まあ、それが普通じゃないのか」

「いや、台湾や香港《ホンコン》のスターは大人数のスタッフを引き連れて移動するのが普通らしくて、日本の俳優はすごいって驚いたらしい」

「そういうものなのか」

「日本の俳優が持っている独特の雰囲気というのは、そういうところから来るのかもしれないですね」

と、滋郎自身の感想を付け加えた。これで、今夜、社長が文壇バーで話す話題には事欠かないだろうと思いながら。

「なるほどねえ。まあ、東京じゃ、スターが歩いていても意外と話しかけたりしないもんなあ」

ひとしきり話したあと、社長は言いにくそうに切り出した。

「実はさ、うちのトイレ、三階のほう……最近、水の流れが悪いんだよね、あとで見てくれないかな」

「え、またですか。すみません」

滋郎は驚いて、席を立とうとした。

「いやいや、あとでいいよ。今、社員たちには二階のトイレを使うように言ってるから」

「本当にすみません。この間直したばかりなのに……」

「いや、こっちもすまん、すまん」

いつもは大きな声で怒鳴るように話すから、心の方も豪快なように思われるけど、本当は神経が細やかな人だから、彼の方が申し訳なさそうに謝っていた。

とはいえ、十人以上いる社員たちにいつまでも一つのトイレを使わせるわけにはいかないだろう。

もともとはそのことを話すために来たのかもしれない、映画のことはついでだったのかもしれない。そう思わせるほど、社長はさっさと上がっていってしまった。

申し訳ない、いらぬ気を遣わせてしまったな、と滋郎はため息をついた。

元のビルのオーナーからここを買い取って九年目、ぼろビルだということはもちろんわかっていたが、このところ、さらにガタがきて、特に水回りの劣化が激しい。半年ほど前にきてもらった工務店の人に、もしかしたら近いうちに大改修をする必要があるかもしれない、とドキッとするような宣告をされてからしばらく呼んでいない。自分で直せるから、と心の中で言い訳しながら……だいたい、そんな金はどこにもなく、また、借金を重ねるしかない。

前のトイレのつまりは数ヶ月前、その時は滋郎がラバーカップを使って直した。しかし、今回はちゃんと業者を呼ばなくてはならないかもしれない。というか、もしかしたら、根本的に問題があるのかもしれないし、ちゃんとした方がいいだろう。

この店にしても……滋郎はあたりを見回した。いつか、ちゃんとリフォームをしなければ、と思いながら、ずっとそのままになってる店。始める時にはいろいろ夢を描いていたのに、ただ、本棚を並べただけの店になっている。天井までの本棚となると既製品にはなく、オーダーしたらいくらかかるかもわからず、結局、自作のものをただ並べただけになっている。

それももう、限界だ。

あーあ、宝くじでもあたらねえかなあ、と新聞で記事を探してみたら、年末ジャンボはすでに売り出しが終わっていた。

📖 📖 📖

それからしばらく、あたしたちは店を閉めなければならなかった。滋郎兄が（彼自身がリフォームしたと仮定して）塗った漆喰が思いのほか厚く、剝がすのに時間がかかったからだ。

あたしと美希喜ちゃんには思いがけない休暇となった。美希喜ちゃんは京都旅行に行ってしまった。なんでも、あちらに学会で知り合った友達がいるそうだ。あたしもちょっと、行きたいなあ、と思ったのだけど、彼女がどこに行って何をするつもりなのか、その友達が男なのか女なのかもわからず、「一緒に行きたいわ」と言うのは遠慮した。

数日後の朝、工務店の飯尾さんから、あたしのスマートフォンに直接連絡がきた。

「漆喰の剝がしがそろそろ終わるので、今後のことをお話ししたい、と思っていまして」

「あ、ああ、すみません」

あたしは最近、ほぼ毎朝食べている、高円寺のお気に入りのパン屋さんで買ったパンドミーのトーストを慌てて飲み込みながら答えた。

確かに、今後のこと、は「とりあえず、該当箇所の漆喰を剝がしてからにしましょう」と先送りになっていた。

飯尾さんもそう暇ではない。全体を剝がして壁紙を貼り直すとしたら、改めて日程を組まないといけない、しばらくお待ちいただくかも……というさらに耳の痛い話もされていたのだった。

「ただ、それ以上に、実はちょっと見ていただきたいものがありまして……」

「見るもの？」

あたしは聞き返した。

「はい。漆喰の下に落書き……たぶん、落書きだと思うんですが、文章が書いてあって」

「あら。兄さんの字かしら」

「わかりかねますが、男の人の文字に見えます……」

「あらそう」

あたしはちょっと興味をそそられて、立ち上がった。

「これはたぶん、壁紙を貼る前に、身内の方に見てもらった方がいいと思いまして」

あたしは午後には店の方に向かうことを約束して、電話を切り、すぐに美希喜ちゃんに電話をかけた。

「もしもし！　珊瑚さんですか！」

なんだか、悔しくなるほど楽しそうな、美希喜ちゃんの声だった。

「……旅行中ごめんなさい、お邪魔かもしれないけど」

その声を聞いて、あたしは少し卑屈に言った。

「とんでもない。今、イノダコーヒで朝食を食べるために並んでいるところなんですよ」

「あら、うらやましい」

もう、悔しさもかなぐり捨てて、あたしは叫んだ。

「あたし、京都はもう十年以上も行ってないわ。今頃は紅葉が見事でしょう」

「珊瑚さんも来ればよかったのに！」

まったく屈託がない笑い声が聞こえた。

言ってよお、そう思っているなら、誘ってよ、と思いながら、あたしは飯尾さんの話を伝えた。

「落書き？　滋郎さんの？」

「そうなの」

「なんて？」

「それがあたしもこれから見に行くのよ。飯尾さんに聞いても言葉を濁されちゃって、教えてくれないの。見て欲しいの一点張りで」

「あの人、ペラペラ話すような人じゃないですもんね。でも、見たーい。見たい。私が帰るまでそのままにしておいてくださいよね」

「もちろん、と言いたいところだけど、いつ帰って来るの？」

飯尾さんをそう放《ほう》ってはおけない。

「うーん、明後日には戻ります」

「じゃあ、そこの部分は置いておくように頼むわ」

それじゃ、と美希喜ちゃんが電話を切る時に、あたしは聞いてしまった。

次に入れそうだよ、電話、誰？　という男性の低い声が響くのを……。

え、美希喜ちゃん、一緒にいるのは男の人なの？　と尋ねる前に、電話は切れた。


午後、予定通りに店に着くと、半ば閉じているシャッターをくぐって中に入った。

現在、漆喰を削っている一番奥の場所以外は、青いビニールシートで覆われていて、本が汚れないようになっている。それをかき分けるようにして奥に進んだ。

すると、あたしに気づいて、飯尾社長と若い男がこちらを振り返った。二人はおそろいの青いつなぎを着ていた。それはビニールシートと同じ色で、ともすると一体化しそうだけど、漆喰の粉で白くなっているから区別ができる。粉とカビを吸い込まないためだろう、医療者がするような厚くて丸いマスクをしていた。

「ああ、すんません、わざわざ来ていただいて、ありがとうございます」

「いえいえ、こちらこそ、ごめんなさい。お手数おかけして」

あたしはおそるおそる近づいた。

「汚れるから、気をつけてください」

来る時は絶対にマスクを忘れないように、と念を押されたのでもちろん、こちらもマスクをしていたが、それでも少し粉っぽく感じた。ブーツを履いてきて良かった。足下にもたくさんの白い粉が落ちていたから。

「今、だいたい、こんな感じまで剝がしたんですけど」

社長はむき出しになっている壁に向かって、大きく手を広げるような仕草をした。

「まあ、下は、むき出しのコンクリートですかねえ。そこに漆喰を塗ったみたいですが、その前はコンクリートの上にベニヤかなんか貼って、その上に壁紙を貼っていたのかもしれませんねえ。その跡が少し残っています」

「なるほど」

時折、部屋の端や角を指さしながら説明してくれた。

「それが劣化してきて、一度全部剝がして、なぜか、漆喰をご自分で塗ったんでしょう」

あたしはうなずいた。

「まだ本棚が置いてある、ぎりぎりのところまで剝がしたんだけど……」

社長は、今度は本棚と剝がした壁のきわを指さした。

「こういう感じにね、段差ができちゃうわけです。漆喰の厚みがあるので……」

「……はい」

なんと言われるか心配で、声が小さくなってしまう。

「これをどうするかですよねえ。他がカビてなければ、ここ、境のところ、なだらかに削ってね、こう、うまくごまかして壁紙を貼っちゃおうかなあって」

「あ、それ、できるんですか」

「まあ、そうするしかないよね」

「コンクリートの上に壁紙って貼れるんですか」

「フラットになめらかになるまで剝がして、磨いて、パテで下地処理したら貼れますね。ただ、湿気がこもりやすいことは確かだから、しばらくしたら浮き出したりするかもしれませんが」

「壁紙でなければ、他には？」

「やっぱり、また漆喰を塗るかねえ」

「なるほど……で、その、電話でおっしゃっていた落書きは」

社長がすぐに話し始めてしまったので、聞くのを忘れていた。

「そうそう、それは」

「……なかなか情熱的ですよ」

後ろにいて、それまで黙っていた若い男がニヤニヤしながら（マスクなので、はっきりはわからないけど、目元を見るとそんな感じだった）口をはさんだ。

「おいっ」

社長は小声で制した。

「すんません」

彼も悪気はないようで、すぐに謝った。

けれど、若い人が「なかなか情熱的」なんて言う言葉はなんだろう。

「これです」

彼は床に近い、足下の壁を指さした。

あたしはそれを見て、頰《ほお》が赤らむのを感じた。そして、社長が電話口ではその言葉をどうしても言わなかった理由も察した。

そこには、

愛してる。

一緒に行きたい。


と書いてあった。

📖　📖　📖

納品と年の瀬の挨拶のために戸越銀座《とごしぎんざ》の国文学研究資料館を訪れたあと、滋郎は商店街を抜けて駅まで歩いて行った。その途中、行きつけの惣菜屋に寄った。

「いらっしゃいませ」

店先で色とりどりの惣菜を見ていると、その店の息子がまるで転げ出るかのように奥から出てきた。

「お久しぶりですね」

色白で肌が美しく、白目が青いように輝いている。その目に吸い込まれそうになるほどだ。

「しばらく、納品がなかったんですよ」

彼と話す時は丁寧な言葉遣いを心がけていた。それを崩してしまったら、何もかも崩れてしまいそうな気がして……。

「そうですか。もう来てくれないのかと思った」

彼は朗らかに、なんの屈託もなく笑う。

「何にしますか？」

「お弁当は何がおすすめかな」

惣菜屋だけど、片隅で、その商品を使った弁当を作っている。なんと二百八十円から三百八十円、四百八十円とどれも激安なのだ。魚を使っている弁当だけが五百八十円で少し高く、売れ残っていた。

「鰆《さわら》の西京焼《さいきようや》きどうですか」

それは五百八十円で一番高かった。

「高いけど……西京漬けは僕が作ったんです」

それをじっと見ていると、値段に躊躇《ちゆうちよ》していると思われたのか、彼は急いで言った。

「いや、そうじゃないですよ。西京漬けも、付け合わせのきんぴらも僕の好物だから嬉《うれ》しくて」

まるで自分の好みをすべて知っているような弁当に感動したのだった。

「ですよね、鷹島さん、魚好きだから……」

ここに来るようになって、すでに数年が経っている。初めて彼に会った時はまだ高校の制服姿だった。その後、彼が成長する様子をずっと見ていた。

何年も通っていれば、自然、お互いの素性はわかってくる。今は名前も知っていた。佐倉井《さくらい》大我《たいが》、いい名前だ。

「ありがとうございます。五百円でいいです」

「そういうわけにはいかないよ」

ちゃんと細かいお金があってよかった、と思いながら、五百八十円ぴったりを渡した。

「すんません。なんか、売りつけるみたいになっちゃって」

意識するあまり、手に触らないように気をつけたのに、逆に彼の白く長い指にかすかに触れてしまって、それだけで胸が痛くなった。

それなのに、レジ袋に入れた弁当を手渡してくれる時、大我はぎゅっと滋郎の手を握るようにした。

驚いて、彼の顔を見る。やはりなんの邪気もない笑顔で、こちらを見つめてくる。身体が熱くなった。

誘っているのだろうか。いや、そんなわけはない。

本当は、そこでもう一度目を見つめ直して、彼の真意を確かめるべきなのに、それができない。

いつもなら、たやすくできることができない。目をそらしてしまう。

「年末年始はどうするんですか」

「……ヨーロッパに行こうと思ってるんです。せっかくだからミレニアムのロンドンを見てこようかと思って」

せっかくの機会だ。店の改装工事やビルの水回りの修理はしなければならないけど、そのくらいの贅沢《ぜいたく》はしようかと、ロンドン往復の飛行機のチケットを取っていた。向こうに行けば友達は何人かいるし、ロンドンがつまらなければ、そのまま、別の街に飛んでもいい。

「いいなあ」

大我はその薄い紅色の唇をゆがめる。

「おれ、海外旅行に行ったことは一度もないんですよ」

「きっと、そのうち、嫌というほど行けるようになるよ」

なぜか、ふとそんな言葉が自然にもれてしまう。なんの確証もないのに。

視線を上げると、厨房《ちゅうぼう》の中から彼の父親がこちらをきつい目でにらんでいるのに気がついた。

その日は店ではなく、高円寺の自宅に真《ま》っ直《す》ぐ帰ることにした。

弁当を提げて通りを歩いていると、「滋郎さん」「元気？」と町内の人が声をかけてくれる。それに軽く手を上げたり微笑んだりしながら応《こた》えた。

「滋郎じゃないか」

後ろから男に肩をつかまれて振り返って驚いた。昔……学生運動の中で知り合った友人で最初の恋人だった。

「……どうしたんだ、こんなところで」

それはこっちの台詞《せりふ》だと言いたかった。

彼はいかにも真面目な会社員風の背広を着ていた。それでも昔、激しいスポーツを……野球を本格的にやっていたことを隠せない体つきは健在だった。早稲田大学を出たあと、学生運動はすっぱりとやめ、建築会社に入って営業マンとなり、そのあとは普通に結婚した、と風の便りに聞いた。元々は野球の推薦で早稲田に入ったが、怪我《けが》で退部せざるをえなくなった。大学でも部活でも行き場をなくして、オルグに参加していた変わり種だった。

「近くに住んでるんだよ」

最初は驚いたけど、返事の声は震えていない。自分は平然としている、という自信があった。むしろ、色を失っているのは彼の方だ。自分は平凡にしか生きられないんだよ、と言い放って離れていった男……。

しかし、動揺を隠せないのもまた、彼の自信や無邪気さを表しており、彼の大きな魅力でもあった。

心をぐっと押し込めないといけない自分は、本当は彼の何百倍もこだわっているのだ。あの別れに。

「君こそ、なんで、こんなところに?」

肩をつかまれたままだった彼の手をさりげなく振り払って、微笑んだ。久しぶりに触れた指に懐かしさという温かみのあるしびれはあったが、大我の指ほどではない。

それは滋郎をほっとさせた。

「あ、ああ。会社の後輩の結婚祝いで、皆で飲んだ帰りなんだ」

「そう。会社の人は大丈夫なの？」

それは本気の心配と同時に、最高の嫌みだった。

こんなふうに話しているところを同僚に見られても大丈夫なのか、自分ではなく、平凡を選んだ男への。

「ああ、もう帰ったよ。だから大丈夫」

彼はやっと落ち着いてきたみたいだった。

「そう」

「なあ、少し飲まないか」

真っ直ぐにこちらを見る目を直視して気がついた。

この目は大我に似てる、と。


翌朝、滋郎は自宅の二階のベッドで「ああ」と伸びをしながら起き上がった。

パジャマの上に、妹が編んでくれた毛糸のベストを羽織って下に降りていくと、ちゃぶ台の上にレジ袋に入ったままの弁当が置いてあった。それを見ないようにしてトイレと洗面を済ませ、台所に立った。コーヒーを丁寧に淹《い》れる。

「あーあ」

もう一度、あくびをしながらテレビを付けた。NHKのニュースは終わっていて、何か、健康番組をやっている。民放に換えて、今日のワイドショーを観た。世紀が代わることで、コンピュータなんかに不具合が出て大きな問題が起こる可能性がある、というようなことをこのところ、ずっとやっている。

それを観ながら、やっと、大我が作ってくれた弁当を開けた。昨日買って、きっと作ったのは午前中だろうから、丸一日経っているけれど、ありがたいことに真冬だから悪くなっている様子はない。白飯が硬くなっているのは仕方ないだろう。

レンジにかければ温かくなるのだろうが……冷たいままのご飯が嫌いではなかったし、大我の料理に手を加えたくなかった。そのまま食べたかった。

鰆の西京焼きの味はよく、硬い飯でもいくらでも食べられる味付けだった。

「……腕を上げたな」

小さくつぶやくと、昨夜のことを思い出した。

いろいろ思うところがあっても、昔の恋人の誘いは断れなかった。左腕に提げていた弁当の重みだけが自分を止めていたけど、結局、「彼から誘ってくれた」という誘惑には勝てなかった。ほど近いチェーン系のバーに行った。今まで一度も足を運んだことがない店だし、たぶん、この町の知り合いは行かない店だった。そういう店を望むのは彼の方も同じだったろう。黙って付いてきた。

奥の、高いスツールに座り、話をした。お互いのその後を……彼は部長になり、そろそろ役員になるそうだ。

「ご家族は？」

たいして知りたいわけじゃなかったけど、一応尋ねた。

「ああ。息子は大学生、娘も高校生」

「へえ。それはよかった」

「……実は離婚したんだ。今は一緒に暮らしてない。子供たちとは会うけど」

しばらく何も答えられなかった。

「……そう」

「やっぱり、無理だったのかな」

彼はわずかに微笑んだ。

「そう」

それ以上、答えられなかった。

近くで見ると、彼の顔には目の脇に少しシミが出ていた。もちろん、自分だって同じようなものだろうけど、もう、彼は自分の好みではない。

「昔ほど忙しくはなくなったかな。少し自分の時間ができた」

そうつぶやいたのは、誘いだったのかもしれないけど、もうなんの興味もなかった。

自分は一人で茨《いばら》の道を歩いてきたのだから。

そして、今の自分には隣の席に置いた弁当があった。

「これからどうする？」

何杯か飲んだあと、彼に聞かれた。

「あ、いや、家に帰るよ。これを食べないといけないから」

そう答えても、彼は意味がわからないようで、首を傾《かし》げていたっけ。


冷たい白飯を噛《か》みしめると、じんわりと甘みが出てきた。

これでいいのだ、自分の人生は。

大我に初めて会ったのは、数年前のことだ。最初に話しかけてきたのは、彼の方だ。

「このあたりにお勤めですか」

きれいな顔をした子だと思っていたけど、あまりにも若すぎて、滋郎が興味を持つような対象ではなかった。

「いや、国文学研究資料館というところに仕事で来ているんですよ」

自分は神保町で古本屋をやっているのだ、と説明した。

「ああ、そうなんですか」

こんなこと、若い人には興味もないだろうということはわかっていたけど、彼はそんな表情はみじんも見せず、嬉しそうに話を聞いてうなずいてくれた。

店番ばかりだったのに、気がついたら高校を卒業し、調理系専門学校に通うようになり、店の奥の調理場で父親と働くようになっていた。

それでも店先に滋郎の姿を見ると、必ず、出てきてくれて、その日のおすすめを教えてくれたり、惣菜をいくつかおまけしてくれたりするのだった。

「本当は自分も大学に行きたかったんですけど」

親父《おやじ》さんがいない時にちらりともらした言葉が胸にひっかかるようになったのはいつの頃からか。

「勉強はいくらでも、いつでもできますよ」

そう言うと、嬉しそうに深くうなずいた。

「何か、学びたいことがあったら相談してください。本ならいくらでも、うちにあるから」

「ありがとうございます」

彼は今年、やっと二十歳《はたち》になるはずだ。そして、数年すれば、大学を卒業するくらいの歳になる。

それがわかったからと言って、何ができるだろう、自分に。

数日後、朝、店を開けていると、辻堂社長が脇を通った。

「今日の昼、いもやに行かないか」

あんたの映画の話を聞いていたら食べたくなったんだよ、と笑う。

「いいですね。天ぷらの方ですか」

いもやには、天丼《てんどん》と天ぷらととんかつの店がある。

「うん」

「遅めの時間でいいですか。沼田さんに店番を代わってもらいます」

「ああ。じゃあ、一時過ぎでいいかな」

一時半頃、社長が降りてきてくれて、一緒にいもやに行った。

「久しぶりだなあ」

店はぐるりと丸くカウンターができていて、真ん中が料理場になっている。天ぷら定食とえび定食、海老《えび》の量が多いか少ないかだけの違いで、二百円ほど差がある。

滋郎も社長も天ぷら定食にし、「牡蠣《かき》の天ぷらを食べないか」と誘われて、二つ入りのを半分こすることにした。さらに、社長は当然のようにビールを一本頼んで、グラスを二つ、要求した。

「すいません」

「いやいや」

二人で食べる時は交代におごり合う。気がついたらそんな習慣ができていて、今回は社長の番だったから自然に礼を言った。

「実は、こちらからお誘いしようと思ってたんですよ」

「なんで」

「しばらく店を閉めようかと思って」

「え。どうした」

社長は唇の上に泡を付けたまま、驚く。

「何かあったのかい」

「いえ、たいしたことじゃなくて」

滋郎は社長の早とちりを知って、笑う。

「年末からヨーロッパに行ってくるんですが、帰ってきたら店の改装をしようかと思ってます」

「ああ」

「うちもかなり傷んでいたんですけど、なかなか手を付けられなくて。この際だから、この冬休みをそのまま延長してやろうかと」

「そうか。どこを直すんだい」

「壁と……本棚に手を加えて、もう少ししっかりしたものにしないと」

「なるほど」

「どこかに倉庫を借りて、本を移して、徹底的にやるつもりです」

「そりゃ大変だ」

「ええ。でも、これまで、友達の古本屋の同じような改装やリフォームを手伝ってきましたから、なんとなく勝手はわかるし、自分が手伝ってきたように、たぶん、誰か手伝ってくれる人もいると思います」

「うちの若いのに声をかけてくれてもいいよ」

「いやあ、本棚の移動なんかでどうしても手が回らなかったらお願いするかもしれませんが、お仕事中の人に頼めませんよ」

そうしているうちに銀の楕円形《だえんけい》の皿にいっぱいの天ぷらとご飯、味噌汁《みそしる》が運ばれてきた。

📖　📖　📖

「うわっ、すごい量」

私は目の前に来た皿を見て、思わず叫んだ。

「それがいもやの名物だからね」

建文さんが嬉しそうに説明する。

「これで、八百円はお得ですね」

「うん。僕も入社した頃、先輩に連れてきてもらって以来なんだけど」

皿の上には海老、イカ、キス、カボチャ、春菊……の天ぷらが山盛りになっていた。それに、やはり山盛りのご飯、そして、味噌汁。

味噌汁が少し変わっている。豆腐とわかめの味噌汁なのだが、二センチ角ほどの豆腐がびっしりと、半丁というのが大げさだとしても、三分の一丁くらいたっぷりと入っていて、これだけでお腹がいっぱいになりそうだった。

「今日はどうしてこの店に誘ってくれたんですか」

私は熱い味噌汁に口を付けながら尋ねた。だしの味、塩味も申し分ない。

「いや、それがね……」

建文さんはカボチャの天ぷらをかじった。彼は一番好きなものは後に残すタイプなのか、と思った。

「うちの社長が今朝、急に『ああっ』って声を上げてさ。皆、驚いちゃって。ほら、お年寄りだから、万が一何かあったらと思ってそっちを見たら、平然とした顔をして仕事を続けてるの」

「まあ、声ぐらい上げますよ、人間だもの」

私はちょっと笑った。社長が腫《は》れ物に触るように社員から扱われているのがおかしかった。

「いや、一瞬、怒鳴ってるのか、怒ってるのか、それとも、倒れたりするんじゃないかと……で、どうしたんですか？　って聞いたら、『珈琲《コーヒー》時光《じこう》』だったって言うんだ」

「こーひーじこう？」

私はまず海老天を頰張った。天ぷらの衣は厚めで、油の種類のせいなのか、コクがある。勤め人が多い街ではこのくらいがちょうどいい。

「そう、『珈琲時光』っていうのは、古い映画で神保町が舞台になってる映画なんだって。滋郎さんが鷹島古書店をリフォームしていた頃、映画関係者がこの町に来て、ロケハンしたり、事情を聞いていったりして、一部では結構な騒ぎになっていたらしい」

「それと、この天ぷらになんの関係が？」

私は、海老天の尻尾《しっぽ》をかじりながら尋ねた。

「……食べるんですか？」

「は？」

「いや、海老天の尻尾、食べるんですか？」

建文さんは上目遣いにこちらを見ている。どこか、気味の悪そうな顔だ。

「え？　一番おいしいじゃん」

「いや……僕、食べたことないです。捨てるところかと思ってました」

「おいしいよ！　海老のお菓子の味がするよ」

「えー！　うちの母は蟬《せみ》の味がするって言ってました」

「蟬、食べたことあるの？　建文さんのお母さん」

「さあ、知りませんけど……」

「食べてごらんよ、おいしいよ」

それでも、彼は気味悪がって食べない。無理に何度も勧めて、端っこを口にした。

「……やっぱり、蟬の羽の味がする」

「建文さんは蟬、食べたことあるの⁉」

「あるわけないじゃないですか。けど、そんな感じでは？」

おそるおそる、といったふうにそれを皿の端に置いた。

「一緒に食事をしないとわからないことってありますね」

彼はぽつりとつぶやいた。

「それって、私のこと？」

「いえ、一般論で……」

「何度も食事してるじゃない」

「いや、いろんな食事の種類があるじゃないですか。焼肉、イタリアン、和食……そういうのはわかったけど、天ぷらを美希喜ちゃんと食べるのは初めてだったので」

「それを言うなら、建文さんって、こういう時、好きなものから食べる派？　嫌いなものから食べる派？　あ、当てましょうか。嫌いなものから食べて、好きなものは最後に残す派でしょう？　それって、無駄じゃないですか？　こういう時、後に取っておいたら、せっかくの天ぷらのサクサク感が薄れるし、地震でも起きたら、最後まで食べられないかもしれないし」

「違いますよ。勝手に決めないでください。好きなものから食べる派です」

「え。だって、カボチャから食べてたじゃん」

「カボチャが一番好きです」

「え――。変わってる……」

「いや、そんなことない。じゃあ、美希喜ちゃんは海老が一番好きなんですか」

「そう」

「単純すぎる……」

お互いにお互いを軽くにらんだあと、思わず、吹きだした。

「まあ、どっちでもいいけど、話の続きは？　『珈琲時光』はどうなったの？」

「『珈琲時光』を作っている時、店の近くで撮影をするって噂《うわさ》になって、滋郎さんも観ないか、早く帰国しろよって連絡しようとしたんだって。でも今みたいに、海外でも気楽に携帯に電話できる時代でもないし、Wi－Fiも限られた場所にしかなくて、社長がメールして三日間くらい経って、もう少しかかりそうです、って返事が返ってきてがっかりしたらしい」

「なるほど」

大叔父《おおおじ》さんと社長は本当に仲が良かったんだなあ、と私は改めて知った。

「で、その『珈琲時光』に出てくるらしいんですよ、いもやが」

「このいもやが？」

「はい。映画の中にいもやの店員さんが出てくるそうです。その話を社長に聞いていたら食べたくなっちゃって」

「へえ、どんな映画だろう？　観たくなった」

天ぷらは量がたっぷりでおいしい。揚げ油にごま油かなにかが少し入っているのか、衣が香ばしい。それをたっぷりの大根おろしが入っているつゆで食べる。

「牡蠣の天ぷらもどうぞ」

彼が小皿をこちらに渡してくれた。

「これ、おいしいねえ」

一口かじって、つい大きな声が出た。

「でしょう？」

「生牡蠣が好きだけど、こうやって天ぷらや牡蠣フライにしてもおいしいよね。味がぎゅっと濃くなった感じがする」

「そうですねえ」

「……だんだん集まってきたね」

「何がですか」

「二千年……ミレニアムの頃の、滋郎さん」

「ええ」

「お金がちょっとなくて、外国に行くことにしていて、店の改装やビルの工事をしなければならなくて、映画の話が街にはあふれていて……そして、壁に『愛してる』と書いた」

「誰と付き合っていたんでしょう?」

「え?」

私は思わず、顔を上げた。

「愛してる、っていうことは誰かとそういう関係にあったんですよね」

「まあ、たぶん」

「それは誰か、相手へでしょうね」

「そうね……そんなところに書くってことは、秘めた相手なのかな」

「ああ」

「普通の恋人なら、相手に直接言えばいいわけだし」

「その人が店に来ていて、その目の前で書いたのかも」

「どうして?」

「喜ばせるため、とか」

「でも、『一緒に行きたい』って書いてあったんだよ。普通に考えたら、秘めた願いということだよね。願をかけるような」

「確かに」

ふと、私は自分の言葉遣いが以前より、ずっとくだけてしまっているのを感じた。建文さんは年上で、店の大切なお客さんなのに……。

「一緒に行きたい、と言えば」

私がそんなことを考えていると、建文さんはおそるおそるといったふうに口をはさんだ。

「京都に行ってたそうですね。誰と行ったんですか」

「え、一人だよ」

「向こうでも一人だったんですか」

「ううん、向こうには何人か友達がいるから……学会で知り合った大学の講師の人とか」

「ふーん」

彼は少し不満そうにうなずいた。なんで、そんなことを聞くのだろう、と思いながら私は最後に残しておいたキスの天ぷらを食べた。

「キス、嫌いなんですか?」

建文さんが尋ねた。

「嫌いというわけじゃなくて、そう好きではない、というレベルです」

「最初に好きなものから食べて、最後に嫌いなものを食べるんじゃないんですか」

「いえ、好き嫌いはあまりないけど、本当に嫌なものは最後から二番目くらいに食べるかな。食事の最後が嫌いなものなのは悲しい」

「それは割と同じですね」

彼は私と同じ、キスの天ぷらを食べながら言った。

📖 📖 📖

ヨーロッパから帰ってきても、滋郎は店を開けず、そのまま改装をすることにした。金は相変わらずないから、全部、自分でやることにする。

まず、本をすべて整理して、自宅とバックヤードに移し、それでも入りきらないものは倉庫を借りて運んだ。一週間以上かかり、毎晩、背中がきりきりと痛んだ。

それでも、どうしてもこれはやり遂げたかった。

旅行はロンドンで新年を迎えたのを皮切りに、向こうで会った友達に誘われてパリに向かい、彼とはそこで別れてイタリアに一人で向かった。フィレンツェでさまざまな歴史的建造物を観て、ギリシャに渡った。

白い壁、青や赤の屋根、そして、青い海……あまりにも美しい街並みを見た時に、ふっと彼のことを思い出した。

大我君に見せてやりたいな……。

それは、決してよこしまな気持ちではなく、あの青年……たくさんのものを欲しながら、なかなか外に出ることができない青年、実家に囚《とら》われているあの彼に世界を見せてやりたい、という気持ちだった。親や兄に近いかもしれない。しかし、それは逆に、今まで誰にも抱いたことがなかった、強い愛情だった。

一方でそれをかなえることができない、ということもわかっていた。彼はまだ二十歳そこそこだ。自分自身でさえ、今、何を欲しているのかわかっていないだろうし、だからこそ、手を出すことはできない。

日本に帰ってきても上の階の社長に声をかけることもなく、ただひたすらに店にこもって黙々と作業を進めた。ギリシャで漆喰の壁を見たら、急に店を漆喰で塗りたくなってしまったのだ。

本を片付け、空になった本棚を端に寄せて貼ってあったぼろぼろの壁紙を剝がして、壁がなめらかになるようにヤスリをかけた。これはまた、本を運び出す以上のつらさがあった。

あまりにも黄色く汚れている天井も塗りたいと思っていた。しかし、高い脚立を立てても、その作業はあまりにもきつかった。背中を反らしての作業は長時間できるものではなかった。

——これじゃ、ミケランジェロだよ。いや、白く塗るだけでこれだけ大変なんだから、天井画を描《か》いた彼はいったい、どんなに苦痛だっただろう……。

滋郎は思わず苦笑した。

とにかく、店を漆喰で塗り固めたかった。店の手前から順に作業し、できあがったところから作り直した本棚を元の位置に戻すつもりだった。

夜中に一人で漆喰を塗りながら、全部塗るのにどのくらいの漆喰が必要なのか計算するため、印をつけようとサインペンを手に取った。ざっと計算しただけで、膨大な量と時間を要することはわかった。

大きなため息が出た。

こんなことをしているのは、大我への劣情なのではないか、と思うと自分が浅ましかった。あの清らかな人にそれは似合わない。絶対にこの気持ちを出してはいけない。

自然に手が動いた。


愛してる。

一緒に行きたい。


そして、ペンを置くと、漆喰の入ったバケツに手を突っ込み、素手で直《じか》に上塗りした。一緒に行きたいのはギリシャであり、この町を舞台にした映画であり、この世界のすべてだった。

でも、自分の気持ちはここに閉じ込め、もう、二度と出さないようにしなくてはいけない。

📖 📖 📖

ミレニアム当時の滋郎兄の様子を聞きたくて、大我君に連絡を取ると、「直してしまう前に一度、店にうかがいます」という返事が来た。

ああ、そうだ、確かに彼の立場からしたら、兄が手ずから直した店を見ておきたかったに違いない。なんの連絡もせずに手をつけてしまったのは無神経なことだった、と反省しながら約束を決めた。

「本棚の裏はこんなふうになってたんですね」

店の休みの水曜日に、彼は来てくれた。

二人で、青いビニールシートをかき分けて入っていった。

彼はめずらしそうにキョロキョロした。今はシートがかかっているからいつもの店の様子とはずいぶん違う。

「ねえ、LINEでも聞いたけど、あの頃、うちの兄はどんな様子だったか覚えていないかしら？」

漆喰を剝がしたところに立つと、黙ってしまった彼にそっと尋ねた。

「それがそんなに覚えてないというか……僕もまだ高校を卒業したばかりだったし、滋郎さんは時々、店に来てくれるお客さんで……あの」

彼は白い頰を少し染めた。寒さから来ているものかもしれない。こうして店を直し始めてから、置いてあった石油ストーブは片付けてしまい、人影が少なくなった場所はいつも冷えていた。

「僕のことなんて子供扱いで、まったく眼中にないって感じでしたから」

「そうだったの……じゃあ」

あたしは少しためらいながら、兄の壁の落書きを見せた。

「これ、大我さんとは関係ないかしらね」

彼はそれをじっと見た。

「……残念だけど、違うと思いますね。そんな感じで、僕らの関係……」

言いながら、あたしの顔をちらりと見た。遠慮しているようだったので、あたしは微笑んで、うなずいた。

「付き合い始めたのはそれから五年以上経ってからです。それも、僕から告白して、それでもなかなか、滋郎さんはうんと言ってくれなくて、かなり押しましたから」

「そうなの」

滋郎兄はそんなにこの人に愛されたのか、と思うと、誇らしさと嬉しさが混じった喜びが胸にあふれた。

愛されていたのだ、この美しく、誠実な青年から。そして、幸せだった、きっと。

「僕のことが好きだということは伝わってくるんだけど、なぜか、なかなか付き合ってくれなくて……まあ、歳が離れすぎてるから、とか言ってましたが」

本当に時間がかかったんです、と彼は言った。

「ありがとう」

いろんな思いがこみ上げて、あたしは彼に深く頭を下げた。

「いえいえ、やめてください」

彼は手を振ると、その落書きを上から指でなぞった。

「僕に対してなら嬉しいのだけど、残念」

「いいのよ。あなたに贈ったと思えばいいのじゃないかしら」

彼は笑った。それはものが少なくなっている店に大きく反響した。

「珊瑚さんがそう言うなら、そういうことにしよう」

そして、店をまた見回した。

「青いシートと白い壁って結構映えますね」

「そう?」

「いえ、昔からよく言ってたことを思い出しました。ギリシャの街を僕に見せたいって。街が真っ白に塗られていて、空と海が青くて、本当にきれいなんだって」

「素敵ね」

「だから、漆喰を塗ったのかもしれませんね」

「ギリシャが好きだったのね」

「縁がなくて、僕とはギリシャには行けなかったけど、イタリアには一緒に行って、海辺の白壁の街を見物した時、言ってました。ギリシャはこの何倍もきれいだって」

「そうなの」

「もう一度、一緒に行きたかったなあ、海外に」

そして、彼はまた丁寧に滋郎兄の文字をなぞった。

「この店、どこまで直すことにしたんですか」

連絡を取った時、店の一部を直すのか、全体を直すのか、まだ決まってないと説明してあった。

「……いろいろ、美希喜ちゃんにも相談しているんだけど、ここだけにしようかと思ってるの。幸い、他の本棚の後ろを見てもらったけど、ここほどはカビてなかったし、なんとかしばらくはこのままで行けるんじゃないかって、工務店の人にも言われて」

「よかったですね」

「たぶん、ここは、最初に塗り始めたから滋郎兄も慣れてなくて下手くそで、厚く塗った上に、慌ててすぐに本棚を置いてしまって完全に乾いてなかったんじゃないかって」

「なるほど」

「あたしたちも一日も早く新装開店したくてね」

「僕も、滋郎さんが塗ったところがこれからも残っていると思うとちょっと嬉しいです」

「隣の店でお茶でも飲みませんか。ここは冷えるし」

あたしはブーツを履いていたけど、それでもつま先はすでに冷え切っている。

「そうしましょう」

大我君はまた名残惜しそうに、文字を一瞥《いちべつ》した。それだけでも彼の愛が伝わってきた。たとえ、それが彼に向けられたものでなかったとしても、兄の字を愛してくれているように、あたしには思えた。

第三話
『カドカワフィルムストーリー Wの悲劇』
と豊前うどん

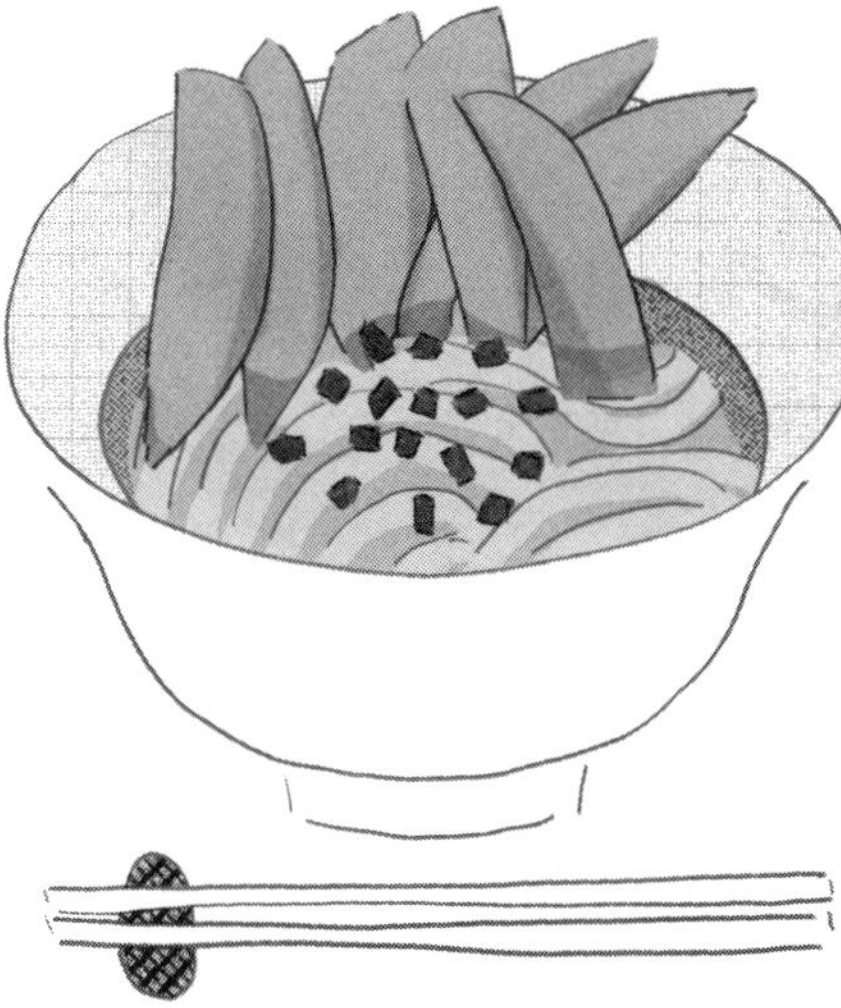

鷹島古書店でコーヒーを出すことになり、隣のブックエンドカフェの美波さんが淹《い》れ方を教えるために来てくれることになった。ブックエンドカフェは今、朝の八時から夜十時までの営業なので、美波さんの訪問は定休日の水曜日になった。

「本当に申し訳ないわ。せっかくのお休みに来ていただくなんて……」

「いえいえ、私も一度、こちらにじっくり寄らせていただきたかったんです。それにどちらにしても、今日は来月のランチメニューの試作をするために来るつもりだったので」

いずれにしろ、彼女が毎日忙しく立ち働いているのはよく知っているから、恐縮してしまう。

「うわっ。すごくいい感じになりましたね」

美波さんは店に来るなり、コートを脱ぎながら、うちの喫茶コーナーを見て叫んだ。今日はいつものエプロン姿ではなく、すっきりとしたAラインの墨色のワンピース姿で、とても素敵だった。

「いえ、急ごしらえだから、お恥ずかしい」

謙遜《けんそん》してみせたけど、実は内心、結構うまくいったんじゃないかと思っていた。それでもカフェを経営しているプロに褒《ほ》められる嬉《うれ》しさはまた質が違った。

本棚を外して漆喰《しっくい》を剝《は》がしたら太い鉄の柱が出てきたのでそれをそのまま生かした。新しく貼ってもらったオフホワイトの壁紙と微妙に合わさって、古い家の中のような雰囲気を醸《かも》し出している。

そこにもともとここで使っていた、アンティーク風の折りたたみのテーブルと椅子を広げる。美希喜ちゃんが伯母さんからもらった絵の額も誂《あつら》えたようにぴったり合う。

「テーブル、少し小さめのをもう一つぐらい置けそうですね」

「私たちもそれは折を見て、と思ってるんです！」

横で見ていた美希喜ちゃんも嬉しそうに言った。彼女も今日のコーヒー教室のために朝から来ている。

「前に話した『飲食店営業許可』の取得は？」

「はい。今、準備しています！」

コーヒー豆は美波さんの店から仕入れることにして、淹れ方をどうするか、というのはこのところずっと話し合ってきた。

コーヒーメーカーで淹れる、コーヒーメーカーでもミル付きの一回一回豆を挽《ひ》いてくれるタイプで淹れる、手で淹れる、それもフレンチプレスで淹れる、エアロプレスで淹れる……さまざまな方法には一長一短があった。いろいろ話し合って、結局、一番普通で基本の、ペーパードリップを使うことに落ち着いたのだった。

「コーヒーメーカーも良くなりましたし、ミル付きなら手で淹れるのと遜色《そんしょく》ない、いえ、それ以上という人もいますけど、なんせ値段が高いですからね」

美波さんはうちの店のことをよく考えていてくれた。

「やはり初期投資は小さく抑えて、やりながら変えていくのがいいと思います」

「ペーパーではなく、ネルドリップというのもあると聞きましたが」

美希喜ちゃんは事前に調べてきたとみえて、控えめに質問した。

「そうですね。うちも取り入れてます。でも、やっぱり、ネルフィルターの管理がむずかしいんです。ペーパーでいったん慣れてから、始めても遅くはありません」

「「はい!」」

思わず、生徒のように声を合わせて返事してしまった。

外には小さなホワイトボードをつるすことにした。

「コーヒー四百円、コーヒー（本付き）六百円、そのほか、ソフトドリンクもあります」

値段もまた、美波さんと話し合って決めた。最初はコーヒーが三百円、本付きが五百円にしようと思ったのだが、「もう少し上げてもいいんじゃないですか」とアドバイスしてくれた。

「三百円と四百円には歴然とした違いがあると思います。三百円ならコーヒーメーカーで淹れた、作り置きのコーヒーでもいいけど、一杯一杯淹れたものならこのくらいの値段をつけていいと思う。それにちゃんとお金を払ってくれる、本気のお客さんを相手にした方がいいです。ここは神保町ですし」

美波さんはもう百円上げても、とも言ってくれたが、とりあえず、この値段で始めることにした。

美波さんはテーブルの上に、買ってきてくれた道具を並べた。事前にお金を渡してお願いしておいたものだ。

「これが本体のコーヒーサーバー、耐熱ガラスでできています。それからドリッパーとスプーン、そしてペーパーフィルターです」

「これは一人から四人用のドリッパーということになっていますけど、一人用のドリッパーだけは別に買ってきました。大きなドリッパーだとコーヒーが落ちるのが早くて、一人分だけではうまく淹れられないことがあるんです。一人分だけはやはり小さいドリッパーを使った方が良いので」

「何から何まで。ありがとう」

「これ、本当に基本中の基本の道具なので、ここから始めて、自分のお気に入りや別のものを探したりしたらいいと思いますよ」

コーヒー豆も事前に話し合って、酸味より苦みが感じられる香り高いブレンドを選んだ。この店に来てくれる人はどちらかというと年配の人が多いから、その方が良いのではないか、というのが美波さんのアドバイスだった。

「年配の方はまだコーヒーは苦いものというイメージがあって、酸味タイプはあまり人気がないんです。季節によって取り入れてもいいと思いますが」

美波さん自ら、出入りの業者に頼んで、ブレンドしてくれた。

「このコーヒー豆、名前つけたらいいんじゃないですか？　うちもしてますから。店の名前とか……『鷹島ブレンド』とか『古本ブレンド』とか」

あたしたちは顔を見合わせた。

「素敵。だけど、名前は迷うわね」

「『滋郎ブレンド』は？　大叔父さんの名前」

「『読書ブレンド』、本を読みながら飲んでほしいから」

いろいろ案が出たが、なかなかまとまらず、結局、それはまたあとで決めることにした。

「ねえ、高円寺の家に、兄さんが使っていた鉄瓶があったから持ってきたんだけど、これ、使えるかしら」

あたしは奥からそれを出してきて美波さんに見せた。

「あ、いいですねえ」

美波さんはかなりの重みがあるそれを両手で包み込むように受け止めた。

丸くころんとした形で、つまみの部分が花のつぼみを模したようになっている。美波さんは蓋《ふた》を取って、中をのぞいた。

「滋郎さん、丁寧に使っていたんですねえ。中がちゃんと育ってる」

「育ってる？」

美希喜ちゃんがのぞき込んだ。

「ほら、鉄瓶の中が白くなっているでしょう？　これはお湯を沸かしてコーヒーやお茶を淹れたあと、お湯を使い切って、余熱で水分を飛ばして……それをくり返して水の中のカルシウムやマグネシウムが結晶化したものなんですよ。こうすると錆《さ》びにくいの」

「手間がかかるのねえ」

「でも、これで淹れると、お湯の味が柔らかくなる気がするんですよね。ぜひ、使ったらいいんじゃないでしょうか」

「よかった」

「小さめだから、二人分くらいしか淹れられないかもしれませんけど……今は冬だからストーブの上に置いておいたらいかがでしょう？」

「ますます素敵」

それから彼女は、コーヒーの淹れ方を教えてくれた。

最初にごくごくわずかにお湯を挽いた豆に垂らして膨らむまで待つこと、そのあと二回に分けてお湯を入れること、などを。

二人で何度かくり返し、お互いに淹れたコーヒーをカップに分けて味見をした。

「不思議。同じ豆を使って同じように淹れたのに、お二人で少しずつ味が違いますね」

美波さんが笑った。

美希喜ちゃんがあたしの淹れたコーヒーを飲んで、顔を上げた。

「本当。私のは爽《さわ》やか、珊瑚さんのは……少しほろ苦い」

「えー。嫌だ、どうしよう」

あたしは思わず、叫んだ。

「それじゃ、お客さんが驚いちゃう。あたしの何がいけないのかしら」

「たぶん、珊瑚さんの方がお湯の入れ方がゆっくりなのかもしれません。でも、それでいいと思いますよ。こういう場所ですし、二人の味の違いがあるなんて、なんだか、楽しくていいじゃないですか」

美波さんはそう言ってくれたものの、あたしたちはそれからも何度か練習して、二人の味を合わせる努力をした。

「今日は本当にありがとうございます」

一通りの練習が終わると、あたしは美波さんに頭を下げた。

「いえいえ、これからはうちの店のごひいきさんになるんですもの……それでは……」

頭を軽く下げたので、これで自分の店の方に帰るのかと思ったら、彼女は改めて来客用の椅子に座った。

「私を最初のお客さんにさせてもらえませんか」

「あら」

あたしと美希喜ちゃんはまた顔を見合わせた。

「そんな」

「先生に淹れるなんて、ねえ」

「……ぜひ、お願いします。本付きのコーヒーを一杯くださいな」

もう一度、あたしたちは顔を見合わせて、ちょっと吹き出して、そして「では淹れさせてもらいます」と美希喜ちゃんがうやうやしく言った。

「どちらが淹れる？」

「それは珊瑚さん。だって、この店の店長ですから」

「いやだ。美希喜ちゃんたら、こういう時ばっかり、それを持ち出す」

とはいえ、やはり、年長のあたしが淹れさせてもらうことにした。

バックヤードでコーヒーのしたくをしていると、美希喜ちゃんと美波さんが話しているのが聞こえてきた。

「美波さんは普段、どんな本を読んでいるんですか」

「そうねえ……って考えるまでもないの。実は、この半年……いや、一年くらい、まったく本を読んでないって言ってもいいくらいなの。だから、ここで本を選んでもらって読もうかと思って。ちょうどいい機会でしょ」

「どんなものを読みたいとかありますか？」

「さあねえ。実を言うと、それもまったく、何も思いつかないの」

「そうですか……じゃあ、探してきます」

店の引き戸ががらりと開いて、美希喜ちゃんが外に出た音がした。外の三冊二百円の本の中から物色してくるのだろう。

疲れているんだわ、とあたしはコーヒー豆に少しずつお湯を注ぎながら思った。

美波さんはとっても疲れているのだ、たぶん、本のことも日々のことも何も考えられないほど。

おいしくなあれ、おいしくなあれ、そして、少しでも美波さんの疲れが取れるように……祈りながら、ふわりと膨らんでくる、豆の湖面を見つめた。ぽつぽつとコーヒーが落ちていくのを見ていると、なんだか、こちらの方が疲れが取れるみたいだった。

やっぱり、ここでお茶を飲めるようにしてよかったな、と心から思う。

「さあ、できましたよ」

あたしは美波さんの前にコーヒーを置いた。

カップはとりあえず、滋郎兄が置いといてくれた、日本全国、世界各地のコーヒーカップやマグを使うことにしていた。今日はウェッジウッドの、中に金で模様が入っているカップだ。

「あら、素敵なカップ。イギリスのですね」

美波さんはそれをゆっくりと手に持って、すすった。

「おいしいです」

息を止めるようにして見つめていたあたしは、ほおっと息を吐いた。

「よかった」

「きれいなカップですけど、これ、紅茶用です」

「あら、そうなの？　ごめんなさい」

「でも、とてもいいから、あまりむずかしく考えずに使っていいと思います」

「中の模様が見えるのって楽しいじゃない？」

その美しいカップが少しでも彼女の疲れを癒《い》やしてくれるんじゃないかと思って選んだのだっ

た。

「そうですね」

美波さんは深くため息をついて軽く目を閉じた。

「大丈夫？」

「ええ、でも、こうしてるといい気持ち。他の人のカフェに入ることなんて、最近ほとんどないから……」

美希喜ちゃんが何冊か文庫本を抱えて戻ってきた。

「どんな本がいいかと思って」

「楽しみだなあ」

「泣きたいのなら、これ」

美希喜ちゃんは一冊の本を美波さんの前に置いた。

「武者小路実篤《むしゃのこうじさねあつ》『愛と死』？」

「はい。短いからすぐ読めますしね。恋愛小説としてもお薦めです。大号泣間違いなし。それから何か、今の考え方とかをがらっと変えたいならエドガー・アラン・ポーの『盗まれた手紙』。私、これを読んでから、世の中のものを見る目が変わったと思う。結婚というものを考えたいなら……」

「ちょっと待った」

美波さんは手の平を広げるようにして、美希喜ちゃんを止めた。

「別にいいけど、美希喜ちゃんも結婚してないじゃん」

「まあ、そうですけど、本はいろんなことを教えてくれるんですよね」

「なるほど」

美希喜ちゃんの大真面目《おおまじめ》な顔を見て、美波さんはうなずいた。

横で聞いていて、そう言えば、二人は三つくらいしか違わないのだわ、と思った。美波さんの方が三つ上だ。

「太宰治《だざいおさむ》の『皮膚と心』……これは短編集に入っているんですけど、他の短編もお薦め」

「内容がまったく思い浮かばない……うーん。珊瑚さんはどれがお薦めですか」

美波さんはあたしの方に顔を向けた。

「そうねえ……あたしだったら、美波さんはカフェを開いてらっしゃるし、食事もののエッセイなんかいいんじゃないかしら。軽い気持ちで読めるわよ」

あたしは文庫本の棚を見回って、さらに適当なものを選んだ。

「伊丹十三《いたみじゅうぞう》さんの『女たちよ！』とか、石井好子《いしいよしこ》さんの『巴里《パリ》の空の下オムレツのにおいは流れる』とか。おいしい話に料理のレシピも出ているの。それにね、どちらも日本に西洋料理がこんなに入ってくる前のことが読める」

「石井さんなら『パリ仕込みお料理ノート』もいいですよね」

美希喜ちゃんが口をはさんだ。

「ああ、どうしよう。全部、読んでみたい」

美波さんは頭をかかえた。

「全部持って行っていいですよ」

あたしは思わず言った。

「コーヒー教えていただいたお礼ですもの」

「それはうちのコーヒー豆を仕入れてくれることで充分いただいています」

美波さんは生真面目に言う。

「そんな」

「じゃあ、取り置きしておきましょうか。これから、来てくれるたびに一冊ずつ渡すとか……」

美希喜ちゃんがすかさず折衷案を出す。

「あらまあ、それは……」

図々《ずうずう》しいわよ、とあたしは止めようとしたが、その前に、美波さんはうなずいた。

「それ、いいわ。それで行きましょ」

そして、とりあえず、と言って、今日は『愛と死』を選んだ。

「お二人の本を薦める力って、たぶん、能力だと思うんですよ」

『愛と死』を素敵なヌメ革の肩掛けバッグに入れながら、美波さんは言った。

「だから、安売りはしないでほしいと思います」

「あらやだ」

あたしは笑った。

「そんな大仰な」

「いえ。本当にそう思います。だから、全部持って行って、なんて言わないでください」

美希喜ちゃんが隣で深くうなずいている。

「ありがとうございます。褒めてくれて」

「とはいえ、すぐに読めるかわからないので、なかなか次来れなくても、呆れないでください」

「大丈夫よ、わかってる。隣にいるんだもの。それに読み切れなくても、遊びに来てください」

あたしはうなずいた。

「美波さんにこそ、あたしは言いたいわ。自分の力を安売りしないで」

「え」

虚を突かれたように、美波さんは一瞬、黙った。

「……私の力ってなんでしょう」

「それはお料理を作る力、コーヒーを作る力。それから、そういうセンス、あなたの持つ雰囲気……すべて」

「ああ」

彼女は小さく息を吐いた。

「ありがとうございます」

深々とお辞儀をして、出て行った。

心配していたけど、美波さんが次に来たのは翌朝だった。その日、珊瑚さんは遅番で、私一人で店番していた。

「美希喜ちゃん、読んだわ。すごくよかった。本当に泣いちゃった。あっという間に読めた」

「本当？　それはすごく嬉しい」

本を薦めるって本当にむずかしい。でも、楽しんでもらえると、とても嬉しいのだ。

「じゃあ、次は……」

「あ、あれからちょっと考えたんですけど」

私は美波さん用に取っておいてある本のところから、別の本を出した。

「『愛と死』みたいなちょっと古風な恋愛小説がお好きなら、これもいいかと思って。三浦哲郎《みうらてつお》さんの『忍ぶ川』」

「へえ、もちろん、ぜんぜん知らない」

「これはですね……」

私は文庫本を美波さんの目の前に差し出しながらちょっと大袈裟《おおげさ》な口調で言った。

「これは確実に最後で泣く。間違いない。お客さん、いかがですか？」

「でも、結構、厚そう。大丈夫かな」

「大丈夫です。『忍ぶ川』は最初の一編で、短編だから」

「ええ。じゃあ、今、そういう気分だから、それをいただくわ」

美波さんは椅子に腰掛けて、私がコーヒーを淹れるのを待っていてくれた。

「今、お休みなんですか」

「うん、バイト君が頑張ってくれてる」

「ご飯、食べましたか」

「まかないをつまんだ」

「今度、ご飯行きません？　珊瑚さんも一緒に」

「いいわねえ。でも、私は夜が遅いから」

「お忙しかったら、お昼でも」

「でも、できたら、ゆっくりお酒でも飲みたいよね。この前みたいに定休日にきてもいいし
……」

「嬉しいけど、ここまで来てもらうの、気が引けます。美波さんの店が終わるまで、待っていてもいいですよ」

「でも、うちは夜十時までやってるから……こちらの方が申し訳ない」

緊張したけど、なんとか淹れて、美波さんの前に出した。

「……優しい」

美波さんは私が淹れたコーヒーを飲んで、ぽつりと言った。

「本当ですか？　それはいい意味ですか？」

「もちろん」

彼女はにこりと笑った。とても美しい笑顔だった。ほっそりとした顔立ちに切れ長の目。

「どう？　お客さんの方は……」

「まだまだです。朝、上の辻堂社長と社員さんが何人か来てくれて、コーヒーを飲んでくれたけど、まだそれだけ」

私は肩をすくめた。

「でも、現金収入がありがたくて……」

「そうよね。わかるわ」

美波さんはうなずいた。

道具はともかく、コーヒー豆は百グラム五百円くらい。そこから八杯から十杯のコーヒーができるから、五、六十円のものが四百円で売れる。さらに、古本付きのものを買ってくれる人がもっと来てくれたら……店は少し楽になる。

「うちもね、夜の営業をすることはちょっと冒険だったの」

「ええ。お客さん、来てくれてますか」

私は美波さんの前に座った。こちらは八時前には閉めてしまうから、夜のことはわからない。

「最初はほとんど来なくて……最近は皆、さっさと家に帰ってしまうでしょ。一ヶ月くらいで気持ちが折れてきて、もうやめようかなあ、って思っていた矢先にぽつぽつお客さんが来てくれるようになって……このあたりの古本屋さんや本屋さんで本を買って、うちで読んでくれたりね。飲み会のあとに二次会的にちょっと寄ってくださったり」

「いいですね」

「皆さん、居酒屋に行ってまでお酒を飲みたい方ばかりじゃないのね。でも、そういう方にも『ここはアルコールはないんですか』って聞かれるようになって、最近、バドワイザーの瓶ビールだけ、入れてみたの。それなら普通のジュースとかと同じで、瓶とグラスを出すだけで済むから……そしたら、これもまた、結構出るの。お一人でいらした人も、コーヒーじゃなくて、ビールを飲みながら本を読む人もいるし」

「なるほど」

「ビールを二百円程度で仕入れて、八百円で出せるんだもの、ありがたい」

「あー、それはいいですね」

私も頭の中で、ぱちぱちそろばんを弾《はじ》いてしまった。

「でね、ちょっと考えたの。もう少し、お酒の種類を増やしてみたらどうかな、って」

「えー。それはそれは」

私は頭の中に浮かんだそろばんをちょっと脇《わき》にのけて、美波さんの店でお酒がずらりと並んでいる様子を想像してみた。

「うちの店のフードメニューはナポリタンとかキーマカレーとか、お酒に合うものもあるし、バドワイザーを置くようになったら、昼間のランチの時もビール飲む人が出てきたの。これまたありがたいのよ」

「そうなんだ」

つい、口調がくだけてしまう。でも、美波さんは気にしてないようで、さらに言葉をつないだ。

「まあ、他のお酒を出すようになると、また、ちょっと面倒だけど……ワインとかならまあ、管理もしやすいかしらって思ったり」

「ああ、確かに、赤ワインと白ワインがグラスで出てくる店、結構ありますよね。キーマカレーにも合いそう」

私も美波さんのキーマカレーは何度か食べたことがあるけど、独特の味わいがあって、とてもおいしい。

「さらにね、ちょっとお客さんから言われたんだけど」

「うん、うん」

気づくと、思わず身を乗り出してる。

「神保町のいわゆる文壇バー的なものが最近少なくなってきたでしょ。そういうの、やってみたら、って。店をそのまま使って」

「えー。それはすごく……すごい変化」

バーとなると、かなり話が違ってくる。私は首を傾《かし》げた。

「……あの、美波さん。文壇バーと普通のバーの違いって、なんなんですか」

「知らない」

彼女は澄まして言った。

「やだ」

二人で声を上げて笑ってしまう。

「ただ、やっぱり、出版社の人とか作家さんとか、記者さんとか。そういう人が多めに集まるのが文壇バーじゃないかと思うんだけど」

「多めにって」

「だから、上の辻堂社長とか、もちろん、美希喜ちゃんの大学の先生とか、ほら、美希喜ちゃんのお友達の作家さん……そういう人が来てくれたら嬉しいんだけど」

「いや、あれはまだ作家どころか卵にもなってない、受精卵かどうかもあやしいやつですよ。それより、嬉しいって、もう、やるつもりなんですか」

「うーん。悩み中。うちの店はやっぱり、喫茶店仕様だしね……」

確かに、ブックエンドカフェはホワイトベージュの内装で、爽やかで明るい雰囲気だ。バーだと少し違う。

「本気になったら、バドワイザーとワインだけというわけにはいかないし」

しかし、お酒の利益率は高そうだ。現金収入がありがたい、というのはすごくよくわかる。

「もちろん、バーになっても、私は行きます」

「というか、そうなったら、美希喜ちゃんにも手伝ってもらいたい」

「えー！」

「美希喜ちゃんが来てくれて、本の話とかしてくれたら、本当に文壇バーになる」

「いやいや」

しかし、美波さんの目は結構、本気のように輝いていた。


「ちょっと。美希喜ちゃん、それ、ＯＫしたわけじゃないでしょうね」

今朝、少し遅れて出勤したあたしは、美波さんからの話を聞かされて、思わず、叫んでしまった。

「もちろんまだだし、美波さんだってまだ始めると決めたわけじゃないと思うけど、なんで？そこまで驚く話じゃないでしょ」

美希喜ちゃんにはあたしの気持ちはまるでわからないらしい。

「もしかして、夜の仕事はダメ、とか思ってます？　珊瑚さん、結構、古いですね。神保町には古本屋さんとかやりながら、バーを経営している店もあるじゃないですか。文壇バーのＨとかもそうでしょ。自分たちがしっかりしていれば大丈夫かと思うけど」

めずらしく美希喜ちゃんは口調が固くなっていた。

「それに、現金収入が大切なのは私たちも同じ。コーヒーを飲んでもらって、午前中に入った数千円、すごくありがたいですよね。これがお酒になれば二倍三倍になる」

「……そういうことじゃないのよ」

あたしは自分の胸のあたりに手を置いて、心を落ち着けようとしながら言った。でないと、お互いに感情的になってしまいそうだった。

「あなたにこの店に来てもらって、夜まで他の仕事をさせないといけないなら、あなたのお母さんにとても申し訳が立たない。お酒が出る出ないは関係なく、朝から晩まで働くなんて、絶対によくないことよ」

「まず、私の就職は私のことで、母は関係ないです」

美希喜ちゃんの声はさらに固く、語尾は感情を抑えようとしているのに震えていた。

「それに、店を大切に考えているのは私も珊瑚さんと同じです。店を維持するためにアルバイトをすることも考えていました。なら、隣のブックエンドカフェで、閉店時間から働けるなら、むしろありがたいとさえ思います」

そして、彼女は私の方を見て言い切った。

「私が働くところは私が決めます」

「そんな言い方……」

あたしは悲しくなってしまった。

その時、店の引き戸ががらりと開く音がした。

「こんにちはー」

語尾を伸ばすような挨拶《あいさつ》で入ってきたのは、相変わらず黒ずくめの衣装を着た奏人だった。

「なんかあった？」

彼は奥まで入ってきて、自然な感じであたしたちの顔を見た。

「……なんか、めんどうな話し中？　だったら出て行くけど」

その言い方がいつもと変わらず、なんの忖度《そんたく》もない、ずけずけとした調子だったので、あたしも美希喜ちゃんも思わず吹き出してしまった。

「だとしたら、どうなのよ」

美希喜ちゃんは笑いながらも、きつく言い返した。

「いや、おれ、めんどうなのは正直、勘弁してほしいんで」

親指を立てて、外を指した。

「特に、女の人同士がけんかしてるのには絶対巻き込まれたくないんで」

そして、本当に出て行きそうになったので、あたしはその黒いコートの裾《すそ》をはっしと握った。

「出て行ったらダメ。コーヒーおごるから飲んでいってちょうだいな」

今の美希喜ちゃんとあたしにはこのくらいざっくばらんな人間が必要だった。

「なら、いますけど」

「珊瑚さんダメですよ。この人にコーヒーおごるなんて言ったら」

「もう、言質《げんち》は取りました」

彼はどさっと音を立てるようにして、テーブルについた。

「コーヒーください。できたら、濃いめがいいです」

「もう。珊瑚さんが甘やかすから」

文句を言いながら、美希喜ちゃんはバックヤードに入っていった。

「今日はどうしたの？」

あたしが尋ねると、彼は眉《まゆ》をきりっと上げた。そうすると、スカーレット・オハラみたい、と
あたしのような古い人間は思ってしまう。

「どうしたのって、来たんですよ。店に」

「そうじゃなくて、何か欲しい本でも？」

「実は、けんぶんさんからＬＩＮＥが来て、鷹島古書店でカフェを始めたから行ってやってくれ
って言われたんです」

これには喜びとともに、少しだけ胸に刺さるものがあった。

建文君にさえ、心配されているのだ。本当は美希喜ちゃんと彼をあまり近づけたくは思ってい
ないだろう、あの人までが連絡するくらい。

あたしたち、そんなに心配に見えるのだろうか。無謀な経営なんだろうか。

「さあ、入りました。濃いめのコーヒー」

美希喜ちゃんが奏人君の前にコーヒーを置いた。カップは華奢《きゃしゃ》なロイヤルコペンハーゲン。青
と白のカップ＆ソーサーで、これもやはり、滋郎兄のコレクションである。

彼は口をつける前にそれをじっと見た。

「いいカップですね」

「ありがとう。そうでしょ。兄さんの形見よ」

「重いなあ」

「え。ロイヤルコペンハーゲンは薄造りでしょ」

「違います。その逸話というか、形見というのが重いってことです」

「あらまあ、失礼しました」

奏人はコーヒーを一口飲んだ。

「……悪くないですね」

「お褒め、ありがとう」

美希喜ちゃんがバックヤードから顔を出して言った。

「ついでに、本の方もおごってもらえませんか。今、手持ちの本がないんです」

「図々しすぎるでしょ」

美希喜ちゃんがまたバックヤードから顔を出して応《こた》えた。

「コーヒーならともかく、本までなんて」

「じゃあ」

奏人が斜めがけにしていたショルダーバッグから一冊の本を出した。

「この本と交換しませんか。おれはもう読んだんで」

あたしは彼の本を手に取った。現在、ちょうどベストセラーになっているミステリー小説だ。

「あら、これもらっていいの？　あたし、読みたかったの」

「評判ほどじゃないですよ」

そんな話をしているところに、美希喜ちゃんが出てきた。コートを着て、バッグを持っている。

「私、先にお昼に行かせていただきますね。いいですか」

「……ええ。もちろん」

奏人君が来てくれて少し場が和んだと思ったのに、まだやっぱり、彼女は怒っているのか……

あたしは彼女の後ろ姿を見ながらしょんぼりしてしまった。

「彼女は何をおむずかりなんです？」

奏人君は同じように後ろ姿を見送って言った。

「おむずかりって、赤ちゃんじゃないんだから」

「赤ちゃんと一緒ですよ。客がいるのに不機嫌を隠そうとしないなんて」

「ごめんなさい。あたしが悪いのよ」

あたしは二人で少しだけもめた理由を説明した。

「ふーん」

奏人君はどちらが悪いとか、良いとか言わず、ただ、そう言ってうなずいた。

「あたしが古くさいのかしらね」

「まあ、そういうこともありますよ」

彼のひょうひょうとした態度はありがたかった。

「本意って伝わらないものなんです。自分の気持ちなんて、相手に伝わらないのが普通って思っていたらいいんです」

「なるほど」

彼がこんな慰めのような言葉（故意か偶然かはわからないが）をかけてくれるのはめずらしいことだったから身にしみた。

「それより、おれへの本は？」

「ああ、ごめんなさい」

「おれが絶対に読んだことがない本にしてください」

「あらまあ、作家さんが読んだことない本なんてあたしに思いつくかしら」

奏人君が読んでなさそうで、彼が楽しんでくれそうな本……今のことがあったからか、なかなか思いつかない。だけど、少し気持ちが落ち着いてきた。

「ああ、じゃあこれ」

あたしはちょうど昨日、市場で買ってきたばかりの本を出した。まだ値段さえもつけてない。自分が好きな本なので、ぜひ、店に並べたいと思っていたけど、彼ならいいだろうと思った。それに読み終わったら、持ってきてくれるだろうし。

「これなんか、どうかしら」

「え、三冊ですか」

あたしが出してきたのを見て、彼は驚いた。

「あなた、新刊の文庫をくれたでしょ。だから、奮発しました」

「『ちいさいモモちゃん』『モモちゃんとプー』『モモちゃんとアカネちゃん』……？　松谷《まつたに》みよ子《こ》？　確かに読んだことがない」

彼はかすかに眉をひそめた。自分には合わないと思っているのかもしれない。

「お薦めというより、あなたの意見を聞きたいの。この本はずっと私の疑問だから」

「疑問……？」

「この本の三巻目、つまり『モモちゃんとアカネちゃん』で夫婦が離婚するシーンがあるんだけど、それがとても比喩《ひゆ》に満ちているのね。その意味は何かってあたしはずっと考えているの。あなたのような若い男性にもぜひ、お聞きしたいわ」

「離婚……？」

「問題になるのは三巻目だけなんだけど、関係性があるから一巻から読んでほしい。大丈夫、あなたならあっという間に読めるわ」

「児童書か……うーん」

彼は眉の間にしわを寄せた。

「お嫌？」

「いえ、あまりにも予想外の方から飛んできたので、頭の整理ができなくて」

彼の顔を見たら、あははははと笑ってしまった。気持ちはすっかり晴れていた。

ぷいっと店を出てきてしまった。

というか、ぷいっと出てきてしまったな、珊瑚さんは気にしているだろう……というくらいの自覚はあった。

考えてみたら、こんなふうに珊瑚さんとけんかに近いような言い争いをしたことがない。

母とはするけど……。

そうだ。母は、私が珊瑚さんの店を手伝いたい、と言った時、こういうことも危惧《きぐ》していたのだった。

「それに、親戚で店やるなんて、問題が起きるためにやるようなもの」

「は？　親戚とか家族で店やってる人なんてたくさんいるでしょ？　青果店や精肉店は親戚や家族がほとんどだし、いろんな大企業だって、最初は家族じゃない」

「それは昔からずっとお店を経営している人たちでしょ。急に、手伝うのとは違う」

「珊瑚さんはいい人だよ」

「そう。だからよ」

母はため息をついた。

「万が一、大きな問題が起きたり、気まずくなったりしたら、親戚の中で遺恨を残すことになる……」

あの時は「そんなことあるわけない。これまで店を手伝ってきて、一度も意見がぶつかったこともないんだから」と強く言い返したのだけど、あれはこういうことを言っていたのか、と思った。

ぶらぶらといつもとは少し違う、神保町の古書店街ではない方向に歩いてきた。なんだか、そういう場所には行きたくない気分だったのだ。小学館の前を通って以前に来た「狐兎」の横も通り過ぎた。ふと、前から来てみたかった店が近くにあることに気がついた。

豊前《ぶぜん》うどん、という九州のうどんを出す店だった。お昼前だからかまだ空《す》いていて、入口を入ったところにある券売機に向き合った。

うどんには、ざるかけはもちろん、とりちくわ天、担々《たんたん》うどん、なども あり、とても惹《ひ》かれるけれど、やはり、この店の一番お勧めらしい「ごぼう天うどん」を選んでみた。

ちょうど座った席から、カウンターの中の厨房《ちゅうぼう》が見える。太いごぼうを「すっすっ」といういい音をさせてスライサーで薄切りしていた。

あんなに太いごぼうは見たことがない。切り立てのものをこれから揚げるのか……と思ったら嬉しくなってきた。

しばらくするとぱちぱちという音とともにぷんといい香りがする。音で魅せる店だ、と思った。

「お待たせしました。唐辛子《とうがらし》は黄金が一番辛いので、気をつけてください」

出てきたごぼう天うどんを見て、わあっと声が出そうになってしまった。

青と白の、少し口径が広く浅めのどんぶりにあふれるような大きさ……薄くて大きなごぼうでやぐらを組んでいるような形のごぼう天が蓋をするようにふわりとのっている。青いネギは九条《くじょう》ネギのようだ。五ミリほどに斜めに切られていて、これまた美しい。出汁《だし》は色が薄くて透明である。

「いただきます」

小さくささやきながらうどんを引き上げると、透明感のある麺《めん》だった。腰は強すぎず、弱すぎず、出汁にからんでおいしい。

やっとごぼう天に口をつける。からりと揚がったごぼうが甘くてこりこりした食感で食べ応えがある。こんなにおいしいごぼうの天ぷらを食べるのは初めてかもしれない。これだけ、おつまみにしてお酒を飲みたい。

唐辛子の容器は三つある。辛蔵一味、辛三味、黄金……間をとって辛三味を手に取ってネギのあたりにかけてうどんをすすり上げてみた。

とたんに咳《せ》き込むほどの辛さ。なかなかにしびれる。これは用心した方がよさそうだぞ。二番目に辛いものでこれなら黄金はどれだけ辛いのだろう。

一味が自分にはぴったりで、ちょうどうどんとつゆのうまさを引き立てる気がした。

しばらく、うどんの腰と、ごぼうの歯触りを夢中で楽しんだ。

ふと気がついた。

この店は珊瑚さんに紹介された店だった。

「豊前うどんって知ってる？　美希喜ちゃん」
「豊前……九州の上の方ですよね？　福岡と大分の間ですか」
「そうそう。その豊前のあたりのおうどんみたいなの。とてもおいしかった。上にのったごぼう天がさらにおいしくて」

店に帰ったら言わなくては。ごぼう天、本当においしかったです、と。

あ、私、珊瑚さんと軽くけんかして店を飛び出してきてしまったのだった、と。だけど、歯ごたえのあるごぼうをかりかり、がしがし嚙《か》んでいると、だんだん気持ちが楽になってきた。

鷹島古書店の引き戸をがらりと開けると、もう、奏人はいなかった。

「美希喜ちゃん……」

そのあと、何かを言いたげに口を開いている珊瑚さんに私は間髪入れずに話しかけた。

「珊瑚さん、おいしかったです！　珊瑚さんお勧めの、豊前うどん。ああいうの初めて食べました」

一瞬、驚いた様子だった珊瑚さんもすぐに笑顔になった。

「そう。あそこ、おいしいでしょう」
「はい。ごぼうの天ぷらが本当においしくて」
「ねえ、あれはおいしい」
「あんなの初めて食べました」

「あたしも」

「あの店、夜は鍋物《なべもの》もやってるみたいですね。うどんすきとか……今度食べに行きましょう」

「いいわね」

「美波さんも誘いましょ」

私たちはそのあともずっと、おいしい、おいしいという言葉をお互いに掛け合った。食べ物というのは偉大だ。それだけでも、仲直りができる。

だけど、いつかそれもできなくなったら、どうしたらいいのだろうか。


数日後、奏人君がやってきた。

午後の時間で、あたしも美希喜ちゃんもいる時間だった。

「あら、こんなにすぐにいらっしゃるのはめずらしい」

彼の顔を見て、あたしは思わず言った。

「いや、あんな、問題作を渡されたら、来ないわけにいかないじゃないですか」

しかし、あたしがはっとしたのは、問題作という言葉よりも、彼の後ろに隠れるように女性が一緒にいたことだった。

「……いらっしゃいませ」

彼女は奏人君や美希喜ちゃんより、少し若く、まだ二十歳《はたち》そこそこのような気がした。あたしの顔を見て、にっこりと微笑《ほほえ》んだ。

可愛《かわい》らしい、素直な笑顔だった。

彼はさっさとテーブルにつき、バッグをその上に置いた。

いったい、このお嬢さんはどなた？　そんな気持ちを込めて彼の顔を見たけど、知らん顔をしている。

「え、奏人来たの？」

前に来たお客さんのコーヒーカップを洗っていた美希喜ちゃんがバックヤードから出てきて、はっと息を呑《の》んだ。

なんだか、四人で四竦《よんすく》み、という感じになってしまったので、ここは年長者のあたしが声をかけるべきだろうと思った。

「どうぞ、あなたもお掛けになって……コーヒーにしますか」

「あの、奏人さんに聞いたんですけど、こちらでは本を紹介してくださるって」

彼女は、彼の顔色をうかがうようにしながら言った。

「そうそう。紹介してあげてよ、珊瑚さん」

こんな言い方をしているけど、この間は交換で本を持って行ったから、お客さんを連れてきてくれたのかもしれなかった。

「あげるも何も、ちゃんと説明してくれなくちゃねえ」

「じゃあ、二人ともコーヒーね、彼女は本付き？　奏人は？」

美希喜ちゃんが声をかけた。

「おれは、まだこの間、珊瑚さんと交換した本があるから、コーヒーだけでいい」

美希喜ちゃんがバックヤードに入ると、彼女も奏人君の前に座った。

「珊瑚さん、あれ、児童書って言ったじゃないですか。だからといって甘く見てたら、とんでもない目に遭《あ》いますね。まあ、一巻、二巻は確かに児童書だけど」

「でしょう？　奏人君はどう思った？　あの鉢植えの木の比喩はどういうことを表しているのかしら」

あたしは、若い女性が気になりつつ、本の話にはつい夢中になって答えてしまった。

「比喩もすごいけど、死に神も怖いですよね。あの金のやどり木は……いや、もう一度、最初から読んで来ます」

「何よ、もったいぶるわねえ」

「いや、あの比喩は本当に勉強になりました。でも、今日はこの人のことで来たんで」

彼は前の女性を指さした。

「そうよね、ごめんなさいね」

「この人、この間、カルチャーセンターの小説講座で知り合ったんですよ」

「……佐藤《さとう》夏菜子《かなこ》です！　よろしくお願いします」

「あら、奏人君もそういうところ、行くの？」

「いや、おれはそこに出ている作家さんに頼まれて、ちょっと手伝いをしたんで。彼女はもともと、シナリオ作家志望なんです」

「映画とかドラマとか好きなんです。だけど、今はなんでも勉強してみたいと思って、奏人さんの教室にも行ったんです」

「なるほど」

「だけど、シナリオを読むのは苦手らしくて、それで……」

彼の言葉をさえぎるようにして、彼女は言った。

「ちゃんとシナリオを読んだことがあまりないんです。というか、映像を観《み》るのは好きなんだけど、本を読むのは苦手なんです。だからか、シナリオの文章がどういうふうに映像になるのか、今ひとつわからなくて。映像と文章がくっつかない、というか」

「で、おれはシナリオのことはよくわからないから、珊瑚さんたちなら知ってるんじゃないかと思って」

その時、バックヤードから美希喜ちゃんがコーヒーを運んできた。

「いらっしゃい」

二人の前にコーヒーを置いた。

「ありがとうございます。いただきます」

夏菜子は小さく頭を下げて、コーヒーを飲んだ。

「どうぞ」

なんだか、今日の美希喜ちゃんは少しかしこまっている感じがした。

「美希喜ちゃんは、脚本は読んだことある？」

あたしはどうもあまり自信がなくて、そう尋ねた。

「戯曲なら、泉鏡花《いずみきょうか》、とかなら」

それじゃダメだろう、と私でもすぐにわかった。今日はあたし一人が紹介しないといけないらしい。

「向田邦子《むこうだくにこ》さんとかなら、どう？」

「あ、名前は知ってます、もちろん。だけど、ドラマは観たことがないです」

「すごい作家なのよねえ。有名な作品の最初のシーンでね、女性がお父さんのことを他の姉妹に電話で話しながら、曇ったガラスに『父、父』って指で書くの、そうするとだんだん彼女の顔が見えてくる……すごい演出だな、と思った」

それでも夏菜子は首を傾《かし》げている。あまりピンと来ないらしい。

「やっぱり、珊瑚さんたちじゃダメかなあ」

奏人君が無遠慮な声を上げた。

「あんた、勝手に来て失礼じゃないの」

美希喜ちゃんが彼をにらんだ。

「まあまあ」あたしは二人の間に入りながら、「一ついいのを思い出したわ」と言った。

あたしは本棚を探して、一冊の文庫本を彼女に差し出した。

「『Wの悲劇』？　フィルムストーリー？」

　赤く大きなWの文字と、こちらを見つめる主演の薬師丸《やくしまる》ひろ子《こ》さんの写真が特徴的な表紙だ。厚みはそんなにないが、迫力のある一冊だった。

「そう。でも、夏菜子さんは『Wの悲劇』知らないかしら」

「知ってます！」

　彼女がすぐに反応したので、あたしの方がびっくりしてしまった。

「ご存じ？」

「はい、最近、マツコがテレビで言ってました。すごい映画だって。だから、私もネットで探したんです」

　めっちゃおもしろかった、と彼女は言った。

「この本も絶版になっているんだけど、昔はね、角川映画が作られると、こういう映画のシーンの写真と脚本が組み合わさったものが出たりしていたのね。いい時代よね」

　夏菜子さんはすぐにパラパラとめくった。

「本当だ。これ、すごいですね。写真の使い方が贅沢。ちゃんときっちり、場面とシナリオが合ってる」

「こういうの、何度も読んでると、セリフと映画の映像が頭の中で合ってくると思うのよ」

「確かに。それに、読みやすい。私でも最後まで読めそうです」

　コーヒーを飲み、しばらく話したあと、二人は一緒に帰って行った。

「付き合ってるんですかねえ、あの二人」

美希喜ちゃんはカップを片付けながら言った。

「さあ、どうかしら」

あたしはそのカップを受け取った。

「次はあたしが洗うから」

「いいんですよ」

「大丈夫……でもねえ、付き合っているかはわからないけど、彼女は彼のこと、好きみたい」

「え、そうでしたか⁉　ぜんぜん、気がつかなかった」

「どうかな。たぶんね」

あたしはカップを持ってバックヤードに引っ込み、カップをめがけて水道栓をひねった。勢いよく出る、その水を見ながら心配になった。正直、今日初めて会ったお嬢さんのことはどうでもいい。だけど、美希喜ちゃんはどうなんだろう、少し元気がないように見えるけど、と彼女がいる方をふり返った。

第四話

昭和五十六年の「暮しの手帖」

と「メナムのほとり」

珊瑚さんとの仲に、ぽつんと小さなシミのようなものができてから、数週間が経《た》った。

もちろん、けんかしたりいがみ合ったりしているわけではない。

鷹島古書店はまったくなんの変化もなく、静かに運営されている。

「美希喜ちゃん、家の近くのお花屋さんで、スイセンの花がきれいだったから買って来たわ。ここに飾ってもいいかしら」

「わあ、ありがとうございます。いい香りですねえ」

そんな会話を昨日の朝もかわしたばかりなのだ。

でも、心の中に一点、ぽつんとシミがある。

「・」

このくらいのドットのようなシミ。小さいけれど確実にあって、「コーヒーの香りとけんかしちゃうかしら」「いえいえ、引き立てますよ」なんて言っている時にも、心の中に「・」のような黒い丸があるのを感じている。

ああ、あれだ。お父さんが去年、胃の検査に引っかかって、胃カメラを飲んだんだけど、その時撮影された、小さな小さな潰瘍《かいよう》、あれは赤っぽい色だった。でも、びっくりするくらい、カラー写真できれいに撮れていた。良性だったからよかったけど。あれが黒くなったような感じ。それが心の中にぽつんとできている。

珊瑚さんはそんなことを考えているんだなあ。

珊瑚さんは店について、私について、毎日、ああいう認識で働いてたんだなあ。

あと、私もちょっとひどいことを言ってしまったなあ。気にしてないかなあ……など。

私は兄弟も姉妹もいない。母とはけんかして、結構ひどいことを言ったり言われたりするけど、お互い様なので、あまり気にしない。

それ以外の人と、ここまで近く接したことがないのかもしれない。

友達とは、けんかしたり、言い争いになったりする少し前に引いてしまう。すぐに自分の意見を引っ込めてしまうのだ。

だから、自分が珊瑚さんに怒ったり、ぷいっと店を出てしまったりしたのが、ちょっとショックなのだ。もしかしたら、それほどまでに近しい関係になった人と、うまくいかなくなるのが怖いのかもしれない。

最近は上の階の建文さんも仕事が忙しいのか、あまり店に来ないし、奏人もあのシナリオライター志望の女の子とのデートがあるのか、来ていない。いや、彼が彼女と付き合っているのかどうかは知らないけど。

さらにちょっと気になっているのは、もしかして、彼らはあの「喫茶コーナー」を作ったから来なくなってしまったのではないか、ということだ。

それまで店では彼らと少し話が長くなれば自然に折りたたみのテーブルや椅子を広げて、ただのお茶を出していた。時にはいただきもののお茶菓子も。だけど、今はあそこに座るためにはコーヒーを買わないと、と思っているのかもしれない。

喫茶コーナーは、うちで出す飲み物に明確な値打ちを出したのだ。

四百円、と。

彼らも始まってすぐは何度か顔を出してくれた。建文さんなんて心配して、いろんなお客さんに来店を頼んでくれたぐらいだ。

でも毎日のように四百円のコーヒーを買ってもらうというのは負担だろうし、ましてや、建文さんは以前、ＦＩＲＥ目指して貯金してたのだ。最近言わなくなったけど、いずれにしろ、決して無駄遣いはしたくないだろう。

そんな思いを抱えていたら、自然とこの町に来てしまった。

銀座……秋子伯母がギャラリーを構えている町だ。伯母は他に、表参道と京都にもギャラリーがあり、いつも飛び回っている。

昨夜、前に教えてもらったＬＩＮＥで、「明日の朝はどちらのお店にいますか?」と連絡してしまった。

――銀座よ。

忙しいはずなのにすぐに返信があるのが、秋子伯母らしい、と思う。仕事ができる人は返信が早いと聞いたことがある。

――ちょっとお話ししたいことがあるんですけど、行ってもいいですか。

——もちろんいいけど、明日はお昼に予定あるから、ランチはできないのよ、いいかしら。

——もちろんです！　こちらこそ、お忙しいのに、すみません。

朝の銀座はあまり人通りがなかった。

以前、銀座で画廊やギャラリーをするのが美術商の最後の目標、いや、一人前の証《あかし》だと聞いたことがある。それを三十代でかなえたのだから、秋子伯母はすごい人だ。

とはいえ、前に「銀座で店を開くなんて大変だったんじゃないですか」と言ったら、「いえ、もう、ほとんど新橋《しんばし》だから、うちの店は。そういうのは四丁目に店を出した人が言うこと」と笑っていたけど……。

実際、伯母の店は銀座と新橋の境くらいの場所の、大通りから一本入った小道にあり、ラーメン屋と呉服屋にはさまれている。

「こんにちは」

ガラスのドアの向こうには三十平米くらいの真っ白い空間があって、びっしり絵が飾ってある。一番奥に小ぶりの机があって、秋子伯母がメガネ姿でパソコンをいじっていた。

「おはようございます」

挨拶《あいさつ》をしながら店に入っていくと、彼女はメガネを取りながらこちらを見た。だからか、その視線はめずらしく定まらなかった。彼女の無防備な姿を垣間見《かいまみ》たようで、少しキュンとした。

もちろん、それは一瞬のことで、たちまち秋子伯母は私と認め、大きな笑顔を返してくれた。

「美希喜ちゃん、いらっしゃい」

「こんな朝早くすみません」

「それはこっちの台詞《せりふ》」

ギャラリーは十時からなのだが、最近は九時には開店しているし、彼女は八時にはいるから好きな時間に来て、と言われていた。伯母は私の顔を見るとすぐに近所の店からコーヒーを取ってくれた。これは鷹島古書店で出しているようなコーヒーとはレベルが違う、と一口飲んでわかった。ほろ苦く、香ばしい。

「苦いコーヒーが好きなの。この店は私の好みを知っていて持ってきてくれるんだけど、苦すぎた？」

「いえ、おいしいです。目が覚めますね」

こういうの、うちの店でも出したい、と思った。今度、美波さんに相談してみよう。

「ずいぶん、早くから店を開けてお仕事されているんですね」

「昔は十一時開店だったの。だけど、お客さんたちがどんどん歳《とし》を取っちゃって……今では朝の方がいいなんて言うものだから、十時にして。それでも、間に合わなくて……散歩がてら、八時や九時に来る人もいる。早い時は連絡して、って言ってるんだけど、そういう人はぶらりと来るのが好きだから。散歩してたらたまたま開いていた、っていうのがいいのよね、きっと」

伯母は小さく頭を揺らす。

「八時に『おや、早起きで感心だねえ』なんて言って入ってくる……でもそんな時こそ、チャンスなの。ふらっと一枚買ってくれたりするから。お金持ちの気まぐれはあなどれないわ」

なんとなく、それは不特定多数の人を表しているのではないのではないか、ただ一人の誰かを指しているのではないか、その人のために伯母は店を開けているのではないか、と思った。

「へえ。すごい。絵ってそんなに売れるんですか」

何気なくした質問だったが、秋子伯母は軽く眉《まゆ》をひそめた。失礼な質問だったたか、とびくっとする。

「あ、なんか、すみません」

「ううん、違うの。実は、最近はさっぱりだから……さっきも言ったように、お客さんが皆、歳を取っちゃって。古美術商とか、アンティークショップのオーナーも同じことを言っていたけど、人って自分の終わりが見えてくると、ものを買わなくなっていくのよね」

秋子伯母はギャラリーの中を見回した。

今は、特にテーマはないらしく、伯母が選んだ絵が壁にぐるりと一周、並んでいる。そのほかの店の装飾品……真ん中に置かれている大きな一枚板のテーブル、アンティークと一目でわかる椅子、一輪の花が飾られている白磁の花器、濃い茶色のアップライトのピアノ……すべて彼女が選んだのであろう一品だ。

そして、それらの絵とはまったく別格、というように、伯母が座っている場所の後ろには少し大きな絵があった。一重のバラの油絵で、紫綬褒章《しじゅほうしょう》を受けた画家の作品だという。神泉《しんせん》の小料理屋に飾ってあったものを、女主人が亡くなる少し前に、口説き落として譲ってもらったそうだ。値段は怖くて聞けなかった。

そんな逸話のせいだろうか。この絵の前は働く女性がよく似合う。

「それって、将来……老後の資金を心配して、お金を使わないとかですか」

「それもあるけど……昔から絵画をコレクションしているような人は、もう、そんな悩みはない人もたくさんいるのよ。だから買わないのは、別の理由があるんだと思う。単純に興味がなくなるという人もいるんだろうし、亡くなったあと、自分のコレクションがどうなるのだろうか、という心配もある。これだけの美術的価値のあるものを自分の代で終わらせてしまったら申し訳ないっていう、ある意味、意識の高さから手を出せなくなる人もいる。いろいろね」

「はあ」

「もちろん、ただ単に、景気が悪くなったということもあると思うけど」

「なるほど」

「購入には理由付けも必要だと思うの。本は中を読むっていう理由があるじゃない？　それを読みたいっていう強い動機付けが。言い訳と言ってもいいわよね。ちょっとうらやましい」

え、うちがうらやましい？　驚いて、伯母の顔を見直した。

「とんでもない。うちの店も大変です」

「まあ、どこもねえ」

伯母は笑った。

「それでも、やっぱり、自分のものにしたい、自分の家に置きたい。自分の近くに飾って、毎日眺めたい……そんな強い気持ちをつかむような一枚を探したいと思ってる。何より、私はこの仕事が好きだし」

うんうん、と伯母はうなずいた。

「ごめんなさい、私ばっかりしゃべっちゃって。何かご相談があったのよね？」

「いえ、こちらこそ。すみません」

実を言うと、こうやってただ雑談しただけで、もう気持ちは晴れていたのだった。

そう、人の心を動かすような、どうしても自分の手元に置いておきたい、そんなものを探しかない。

そんな力強い伯母の言葉に十分、何かを受け取っていた。

でも、「もういいです」と言うわけにもいかず、私は最近、迷っていたことを話した。

店の改装をして、コーヒーを飲める場所を作ったこと、そこに人が来てくれるのはいいが、元々のお客さんたちが来にくくなったのではないかという、不安……。

「そうねえ、うちも表参道の店では喫茶をやっているから、人ごとじゃないわね。気持ちはちょっとわかるわ」

「コーヒーなんて飲まなくていいんです。気楽に来てくれれば……一見《いちげん》のお客さんや普通の人たちはむしろ来てくれるようになったんですけど、もしかしたら、これまでのお客さんを遠ざけているんじゃないかと思って」

「ある程度はしかたない。人も店も同じ。成長したり、姿を変える時が絶対に来るの。そういう時に何かを失うのはよくあること」

「そうなんですか……」

私は失望を隠せず、はあっとため息をついた。諦《あきら》めるしかないのか。

「聞いてみればいいじゃない？」

「え」

「古いお客さんが離れてしまうことが心配なんだっていう、それも本当なんでしょうけど、美希喜ちゃんが本当に悩んでいるのは、誰か特定の人が来なくなってしまったことなんでしょ」

驚いて声が出なかった。まるで、自分がさっき考えたこと……伯母さんが特定の誰かを待っているのではないかと考えたのをお返しされたような気分だった。

「その人に聞いてみれば？」

「……なんて？」

「なんで来てくれないんですか。コーヒー代が出せないからですか。そんなこと気にせず、私に会いに来てくださいって」

「そんな……」

私は、にこにこ、いや、にやにや笑っている秋子伯母の顔を見られず、目をそらした。

「まあ、私はどっちでもいいけどさ……ああ、私が鷹島古書店の近くに店を出していたら、毎朝でも行くのにねえ」

「本当ですか」

まだ、心の中はどぎまぎしながら尋ねた。

「うん。そこで美希喜ちゃんや珊瑚さんとお話して、本を紹介してもらって、仕事に行けたらいいのに……神保町に店を出すっていうのもいいわよね」

「本当ですか⁉」

同じ言葉をくり返しながら、まったく違う温度で私は叫んだ。

「この間、神保町に行った時、ちょっと思ったの。銀座も表参道もいい……だけど、本当に絵を買ってくれるお客さん、こういうものにお金を出してくれるお客さんはどこにいるんだろうって……海外でマティスの版画を買い付けてきて、お金持ちの老人に売るようなビジネスモデルはもう終わりなのかも……」

最後の方は自分自身に言い聞かせているように聞こえた。

「何か新しいことを始めたい。そんな気がしてる。そろそろ事業を小さくすることを考えていたんだけど、四軒目を出したくなった」

「神保町、いいですよ。古書店の中には、浮世絵や絵巻ものを扱うところもあります。海外の古い雑誌とか画集とかもたくさんありますし。競合もありますけど、お客さんも来ているということですよね」

「そうよね、考えるわ」

私も力がみなぎってきた。

午前中、一人の女性客が来店した。

マスクをしていたけど、年齢は美希喜ちゃんのお母さんより少し上だろうか。黒いジャンパーにデニムのパンツという軽装が、ぽっちゃりした身体《からだ》に張り付いている。朝から冷えているからか、寒々しく見えた。提げているのは大きなエコバッグのような布製のバッグで、この町に来る人の雰囲気としてはかなりカジュアルだった。この町や古本には慣れていない人に見えた。いや、もちろん、神保町に来る人にもそういう服装の人は多いし、本をたくさん買うため大きなバッグを持っている人も少なくない。だから、理由はファッションばかりではないのだけど……。

でも、店の中を隅から隅までじっくり見回して、むやみに本に触ったりせず、物腰は丁寧だった。時折、「はあ」とため息をつく。たぶん、なんとなく本を探しに来ているわけではない。きっと意中のものがあってこの町までやってきたのだ……。

その様子が妙にあたしの気を引いた。こういう方は下手に声をかけると、怖《お》じ気《け》づいて逃げてしまうけれど、それでも、何か手助けができるなら、と迷いながら声をかけた。

「あの、何かお探しですか」

思っていた通り、彼女はびくっと身体を震わせた。とたん、申し訳ない気持ちになる。やっぱり、声をかけない方がよかったか。

「あ、すみません！」

彼女はすぐに謝って、頭を下げた。

「ごめんなさい。ゆっくり見ていただいて結構なんですけど、もしも何かあったら遠慮なくお尋ねくださいね」

あたしも軽く頭を下げて、すぐにレジ前の椅子に戻って本を広げた。すると数分して、「あの……」と彼女が声をかけてきた。

「はい、なんでしょう」

こういう時ほど嬉しいことはない。声をかけてよかった、と確信しながら顔を上げる。

「ちょっと探しているものがあるんですけど、なんと言ったらいいのかわからなくて」

どういうこと？　あたしもどう答えたらいいのかわからなくて、つい首を傾《かし》げた。

「はあ」

「神保町に来たら、古本街だから、何かわかることがあるんじゃないかって」

「ええ。ぜひ、なんでも聞いてください。もちろん、わからなかったら正直にそう言いますしね」

あたしは思わず、笑ってしまった。

「ごめんなさい。実はあたしもつい一年ばかり前にこの仕事始めたばかりだから、あんまり偉そうなことは言えないんです」

すると、急に、その女性も微笑んでくれた。やっと緊張が解けたみたいだった。

「探しているものがあるんですけど、ものすごく、あやふやな記憶なんです。だから、確信が持てなくて……」

「なんでもいいんですよ。遠慮なく聞いてください。うちも暇ですし」

彼女はまた笑みが大きくなった。

「実は、私、今、母の面倒を看《み》ていて……まあ介護をしているんですけどね」

「はい」

わかります、という気持ちを込めてうなずいた。あたしも彼女くらいの歳の頃には両親の面倒を看ていたからだ。今、話が始まるところだから余計な口をはさまない方がいいかな、と思いつつ、つい言ってしまう。

「あたしも両親の介護してました……」

「あ、そうなんですか！」

やっぱり、言ってよかった。それを聞いて彼女はさらに心を開いたような気がした。

「ご両親を。それは大変でしたね。お舅《しゅうと》さんたちですか？」

「いいえ、あたしはずっと独身。だから、実の親です。お客さんはお姑《しゅうとめ》さん？」

「いえ、実の母です」

「お舅さんたちも大変だけど、実の親子には親子の大変さがあるわよねえ」

「そうなんですよ！」

あたしはそのあたりで、もう、この人とはじっくり話したい気持ちになっている。

「よかったら、お茶淹《い》れるからお座りください」

「あ」

彼女はテーブルの方をちらっと見る。心が揺れているのがわかる。座って話をしたいが（きっとずっと神保町を歩いて疲れているだろう）、少し警戒心もある……。

「ただのお茶です。お気になさらずに」

もう一言付け加えると、「では」とやっと座ってくれた。

あたしは奥のストーブの上に置いてある鉄瓶に手をかけた。すると、「すみません」と彼女が言うので、振り返った。

「こちら、コーヒーをいただけるんですよね」

テーブルの上に置いてあるメニューを手に取って言った。

「ええ、そうですけど、お茶ならただだよ」

「いえ、コーヒーいただきたいです。最近、落ち着いてコーヒーを飲む機会もないので」

「いいんですか。なんか、無理に勧めちゃったみたいで、ごめんなさいね」

「いえ」

コーヒーを淹れて出すと、彼女はゆっくりとすすって、まためため息をついた。

「毎日、お忙しいでしょう？　今日は大丈夫なんですか」

「ええ。昼間はデイサービスに行ってもらって、私はパートに出てるんです」

「あらまあ、介護にパート。それは本当に大変でしょう」

「今日はパート先のビルが全館一斉休業なんですよ。だから」

ということは、彼女は貴重な休みを使ってこの町に来たのだ。口で言うより、きっと並々ならぬ覚悟を抱いて来たのだろう。

「私、北区の赤羽《あかばね》に住んでいるんです」

「ああ、住みよい町みたいですね。あたしは北海道出身だから、東京はあまり知らないんです」

「そうですか……」

「お母様の介護は一人で？」

「ええ。私は一度結婚して、離婚して赤羽に戻ってきたんです。息子が一人いますが、もう、社会人で東京で働いています。息子を育てていた時は近くの母にとても世話になったから、母の一人暮らしがおぼつかなくなった時、すぐに同居を始めたんです。でも、大変」

「わかります」

「それでね、この間、母が突然、言うんですよ。ねえ、恵子《けいこ》、昔、雑誌に載ったことがあったねえ、って」

この人は恵子さんというのか。

「雑誌？」

「はい。私、まったく意味がわからなくて、何度か聞き返したんです。雑誌？　お母さんが？　私が？　って」

「ええ」

「私たちじゃないよ、って言うんです。学校で、とか、教室で、とか何度も言って……それでいろいろ聞いてみて、やっとわかりました。昔、私が中学生の頃、雑誌社の人が突然、学校に来てうちのクラスのお弁当を全部写真に撮っていったんです」

「へえ」

うなずいたけど、ぱっと聞いただけでは、今ひとつ、状況がつかめない。

「数ヶ月後、それが婦人雑誌に載りました。全員分、ずらっと」

「それはお弁当の作り方のような記事ですか?」

「そういうのではないんです。本当にただ、ずらっとお弁当の写真が並んでいるような感じで……」

「どういうことなんでしょう?　一種の社会実験のような?」

「私にもよくわかりませんけど」

「それ、親の許可とか、事前にあったのかしら」

「いえ、まったく。突然来て、突然撮っていったんだと思います。リアルなお弁当の写真が欲しかったんじゃないかと」

「なるほど。今じゃ考えられない話ね」

「そうですよね。数ヶ月して、その雑誌ができた時も、先生から一言『載ったよ』っていう話があっただけで……先生がそれを買ってきてくれて、皆で回し見しただけかな。ざーっと見ただけな気がします」

「ふーん」

「もちろん、私のも出てました。家に帰って母に話したんです。母もちょっとびっくりして『へえ』って言って。たぶん、近所の別のお母さんが買ってくれたのをあとで見たみたい」

「ご自身では買わなかった？」

「そうだと思います。買ったという記憶がないし、家にもないので。でも、本当はお母さん、欲しかったんじゃないかな。うちも母一人子一人なんです。父が小学校の高学年の時に死んで、母が働いていて……雑誌を買う余裕はなかったんじゃないかと」

「なるほど」

「母はお弁当は結構、頑張って作ってくれていたんです。中身が貧しかったら、私が肩身が狭い思いをするんじゃないかと心配して……その雑誌を見て、ちょっとほっとしたんじゃないでしょうか。他の子と比べても遜色《そんしょく》ない出来で。当時は欲しくても買えなくて、でもよっぽど欲しかったから、今頃になって、急に思い出したんじゃないかと思うんです」

「そうかもしれないわねえ」

ここまでの話で、あたしはぜひにも、この雑誌を見つけ出してあげたくなっていた。どんなことをしても。

「で、雑誌の名前は？」

「それがまったく憶《おぼ》えてないんです。当時私もそういうことにあまり興味がなくて……」

え、雑誌名がわからないのか、とかなり絶望的な気持ちになったが、それは顔に出さずに話を続けた。

「時期は？」

「中学一年生の時だから、昭和五十五年から五十六年ですね、たぶん」

昭和五十五年に中一なら、やはり、美希喜ちゃんのお母さんより少し年上になる。

あたしはメモをした。昭和五十五年〜五十六年、婦人雑誌、と。

「婦人雑誌というのは確かですか。週刊誌や何かでなく？」

「ええ、たぶん。大きくて立派な雑誌だったとなんとなく憶えています」

「なるほど」

あたしはうなずく。

「何か、他に、憶えていますか」

「どうでしょう。本当に記憶があやふやで」

恵子さんは申し訳ないような顔になった。

「いえいえ、ちょっと探してみますね。一緒に店をやっている姪《めい》……兄の孫なんですけど、彼女が若くてそういうの、探すの上手だからたぶん見つかると思いますよ」

そう言うと、彼女の顔はぱあっと輝いた。

こんな顔を見るのが好きだ。これを見るために仕事をしている、とも言える。

ちょうど、その時、美希喜ちゃんからＬＩＮＥが来た。

——お昼ご飯、食べてから店に行きますが、珊瑚さん、何か買っていきますか。「メナムのほとり」に来てるんですけど。

ふと思いついた。

「今日、お昼ご飯はどうされるの?」

「え? このあたりで食べようかと思うんですけど」

「よかったら、タイ料理でも食べませんか。お嫌いじゃなければ」

「あら、エスニックなんて久しぶり」

恵子さんが感慨深そうにため息をつく。

「昔は、タイやベトナムによく遊びに行ったんですけど、海外旅行なんてもう十年以上してないから……」

「今、さっき話した親戚《しんせき》の子が近くの老舗《しにせ》のタイ料理屋にいるので、お弁当を買ってこさせますよ。お店だと千円以上するんですけど、お弁当なら七、八百円でも食べられるので……お節介だったらごめんなさい」

「いえ、嬉しい」

というわけで、美希喜ちゃんにLINEを送った。

📖　📖　📖

——パッタイのお弁当とグリーンカレーのお弁当、一つずつ買ってきて。

私は思わず、笑った。

——そんなに食べられますか？

——一つはお客さん用なの。

珊瑚さんがあそこで誰かと一緒にお弁当を食べるのは久しぶりな気がした。どんなお客さんだろう、と思いながらメニューを開く。

ほとんど開店と同時に店に入ったから、自分以外のお客さんは一組しかいない。

何にしようかな……と思った時、秋子伯母の言葉がふいによみがえってきて、少し迷いながらLINEを送った。

——「メナムのほとり」に来ているので、よかったらお昼、一緒に食べませんか。

そして、返事は見ずに、またメニュー選びに戻った。

この店はグリーンカレーやレッドカレー、トムヤムクンヌードルなどの単品料理の他に、それぞれにトムヤムクン、揚げバナナのココナッツミルク添え、ミニ焼飯、自家製マンゴープリンなどの小皿料理を二品つけたセットメニュー、さらにはカレーにトムヤムクン、揚げバナナのココナッツミルク添え、タイ風野菜炒《いた》め、ご飯をつけたBセット、それにサラダをつけたAセットなど、数多くのメニューがある。

すごく迷ったけど、グリーンカレー、タイ風野菜炒め、トムヤムクン、ご飯、揚げバナナのココナッツミルク添えのBセットを頼んだ。

メニューを選び終わった時、隣にはあはあと荒い息が聞こえて、顔を上げると建文さんが立っていた。

「どうしたんですか、急に」

私の隣に座って、こちらはメニューも見ずに「パッタイの大盛り、単品で」と男性店員に注文した。

「ずいぶん、早いですね。さっきLINEしたばかりなのに」

「走ってきましたよ」

思わず、大きな笑みが自分の顔に広がるのがわかった。

「この店、来るの、初めてじゃないですか、二人で」

「そうですね……だって建文さんとタイ料理を食べるのも初めてだし」

「ああ、確かに」

「でも、よく来ていた店なんですね」

「どうして？」

「メニュー見ずに注文したから」

「ああ。ここ、社長をはじめとした、我が社の中堅以上の人たちのお気に入りなんですよ。昔からあるタイ料理屋だから、思い出がいっぱい詰まっているらしい」

「そんなに古くからある店なんですか」

「皆、タイに行く前にここで食べて、まだ見ぬタイに思いをはせたらしい。もしくは、バックパッカーでタイをふらついたあと、日本に戻って就職して、ここであの国を思い出したらしい……

ああ、自分も普通のサラリーマンになってしまったなあ、なんて」

そんな話をしていると、二人の前に料理が運ばれてきた。

グリーンカレーは辛みの中にココナッツの甘みがたっぷり感じられておいしいし、トムヤムクンも味に深みがある。さすがに老舗の味だ。ご飯がジャスミンライスでなくて白米というのも、どこか優しくていい。

「……どうして、来てくれないんですか」

「え」

そのぴりりと辛いけど、優しいタイカレーを食べていたら、自然と言葉がこぼれてきた。

「何が」

「うちの店です。当然。最近、ぜんぜん来てくれないでしょ」

「え！」

彼はしんから驚いたように、パッタイを頬張《ほおば》ったまま目を見張った。口元を手で押さえて、もぐもぐ動かしている。すぐに返事ができないのか、図星すぎて。

「うちが有料のコーヒーを出しているから来にくくなっちゃったんですか？　もしかして。そんなこと気にしないで、来て欲しいです。お茶くらいなら出すし」

彼の顔を直視できなくて、ご飯を見つめながら言い切った。返事はない。

「それとも私に会いたくないのか……嫌なら、嫌と言ってよ」

急に気持ちが吹き出した。

「本当のことを言ってくれたら、悲しくても不安にはならない」

「いえ、口の中がいっぱいだったから」

彼は慌てて水を飲んだ。

「返事ができなかっただけです」

ごくん、と飲み込んで、はあっとため息をついた。

「そう?」

「嫌になるわけないじゃないですか」

「僕はあの店が好きだし、珊瑚さんや……美希喜ちゃんと話せるのは楽しいし、コーヒーもゆっくり飲みたいですよ」

「うん」

「だけど、本当に今、忙しくて」

「そうなんだ」

「実は僕自身がネットを見ていて見つけた、台湾の小説を翻訳したのが……」

「え。建文さん、営業でしょ」

「まあ、うちの会社はその辺ゆるいし、誰でも提案できるんですよ。会社の創設期、一番ヒットしたのが鷹島滋郎さんが海外から買ってきてくれた推理小説ですし」

「ああ、そんな話、聞いたことある」

「とにかく、その小説がちょっとしたヒットになりまして、地方への出張も増えたし……実はその作家さんに今度、日本に来てもらって、ちょっとしたブックフェアみたいのをやることも企画してます」

「そうだったんだ、教えてよ」

「いや、すみません。前にちらっと話したつもりでした。でも、美希喜ちゃん、ふーんって言っただけだったから」

「たぶん、新刊の海外小説の話だから、つい聞き流しちゃったんだ」

「でしょうね」

「でも、いいなあ、そのブックフェア、私も行きたい」

「ぜひ。実は神保町での開催も考えていて。もちろん、普通に書店の一角でもやるんですけど、その本にお酒を飲む女性の話がたくさん出てくるんで、どこか、飲み屋でやりたいと思ってるんです。ワンドリンク飲みながら本の話をする……」

「えー、めちゃくちゃいいじゃん」

「それをどこでやるか……三省堂《さんせいどう》は今、移転してますし、東京堂《とうきょうどう》のカフェとか、ハイランズか、ブックハウスカフェか……」

「本当ならうちの店で、と言いたいところだけど、さすがに狭いよね。うちの隣の美波さんの店は？　美波さん、お酒出す店をやりたいって言ってた。うまくしたら、そのお披露目になるかも」

「うちの会社からも近くていいですねえ。美波さんが考えているのはバーということですか」

「うーん、迷っているみたいだけど。でも、そこまでいかなくても、とりあえずイベントスペースとして使わせてもらうならありかもよ」

気がついたら、すっかり仕事の話になっていて、私がした質問の本当に聞きたかった部分はまぎれてしまった。

でも、それは次でもいいし、きっと彼には伝わっているのだ、と思った。

📖 📖 📖

なんだか、美希喜ちゃんは上機嫌でお弁当二つ提げて帰ってきた。

あたしと恵子さんはテーブルで向かい合っていただくことにした。まさに学校のお弁当の時間のように。恵子さんは久しぶりの外出ということもあり少し飲みたいと言ったので、美希喜ちゃんが隣のブックエンドカフェからビールを一瓶買ってきたりして、楽しいランチとなった。

「……なるほど、婦人雑誌ですか」

あたしたちがご飯を食べながら交互に説明する話を聞いて、美希喜ちゃんは腕を組んでうなずいた。

「昭和の雑誌なら、このすずらん通りにも扱っている書店がありますけど」

「はい。ここに来る前にちょっと見ました。ざっと見ただけですけど、探しているものはなかった気がします。私も気後れしてしまって店の方に声をかけられなくて」

「そうですか。まあ、もしも、その雑誌がわかったら、私から聞いてみたり、探してもらうことも可能です」

「ありがとうございます」

「とにかく、その雑誌を特定することですよね。なんの雑誌の何年何月号なのか」

「はい……」

「それさえわかれば、国会図書館で借りてコピーすることはできます」

「なるほど」

「それでしたら、コピー代プラス実費で探します。ただ、国会図書館はそれがなんの雑誌で何年の何月号か、ということがわかれば強いんですが、中身の方まではそんなに詳しくわからないんです。となると大宅《おおや》壮一《そういち》文庫の方が探しやすいかな、中身まで検索できるので……いや、国会図書館の司書さんに相談する方法もあるか……」

美希喜ちゃんはちょっと探るような顔つきになった。

「これ、全部、恵子さんご自身でもできることです。私がやると、その分お金がかかってしまいますけど……いいんですか？」

恵子さんは箸《はし》を置いて、うなずく。

「今、お聞きしただけでもとても私にはできそうもありません。国会図書館も大宅壮一……文庫？　それもどこにあるかもわかりませんし、何より時間がないので……」

「ただ、お弁当の作り方ということではなくて、お弁当そのものの写真が並んでいる感じなんですよね？　めずらしいから探せたら嬉しいんですけど、ただ、『弁当』というだけの索引だととんでもない数がヒットすると思いますし……見出しか何かでも、少し思い出せませんか」

恵子さんはご飯を食べながら考え、確か「中学生のお弁当」というような言葉があったと思う、と言った。

なるほど、と言いながら、美希喜ちゃんはそれをメモした。

「やっかいなのは、これ、そうかな？　と思うようなものがあっても、そこで写真に撮って恵子さんに送って確かめる、みたいなことはできないんです」

「え、そうなんですか」

「確か、どちらもカメラやそれに類するものは持ち込み禁止です。本や雑誌の複写……コピーが大きな収入源なので、勝手に写真を撮られてしまうと、なかなか苦しいことになりますから、厳禁なんです」

「確かにそうですね」

「だから、怪しそうな記事がいくつかあったら……まあ、その時代にクラス全員のお弁当の写真を撮るなんていう酔狂な企画がたくさんあるとは思えませんが、類似の企画があったら、確かめようがないんですよね」

「わかりました……やはり、コピーしか無理なんでしょうか」

「いえ、雑誌の詳細がわかれば、その本自体を探すという方法もあります、もちろん。ただ、どのくらいのお値段か、現存しているのかも、まだまったくわかりませんが」

「そうですよね……でも」

恵子さんはふっと口をつぐんだ。

「どうしました？」

あたしは顔をのぞき込むようにして尋ねた。

「……コピーでもいいですが、できたら、雑誌そのものが出てきたら嬉しいんですけど……母に手に取って見せてあげたい。こう、雑誌を」

恵子さんは手で雑誌を開くような動作をした。

「手の上にのせて、見せてあげたいんです。当時、そのままの。それに、それじゃないと母にはうまく伝わらないかもしれない気もして」

「わかるわ」

あたしはうなずく。

「コピーじゃ、実感がわかないものね」

「そういうことなら、できたら実物を探しましょう。古書店としても、それが王道ですよね」

まさに手元に置いておきたいものですね、と美希喜ちゃんはつぶやいて、嬉しそうに笑った。

「このネット社会です。購入方法も増えましたからね。ヤフオクやメルカリなんかで、ぽろっと出てくる可能性もありますし」

「はい」

「いずれにしろ、とにかく、雑誌を特定しないと……」

「よろしくおねがいします」

恵子さんは深く頭を下げた。

「それで……ちょっとお尋ねしたいんですが」

美希喜ちゃんは首を傾げながら言った。

「ご予算はどうしますか？　私たちもまったく値段の予想がつかないんです、雑誌は専門でないので。数百円の可能性もありますけど、数万円の可能性もなくもない」

「え」

恵子さんは驚いて、手で口を覆った。

「さすがに何万もしたら……ねえ」

あたしは二人の顔を交互に見る。美希喜ちゃんも悪気があって言ったわけではなく、可能性として尋ねたわけだが、恵子さんには大きな衝撃だったらしい。

「そうですね、それはちょっと……」

「じゃあ、数千円までだったら、お買い上げいただけるということでいいですか」

「はい」

「一応、これぞというものが見つかったら、連絡しますね。お値段が折り合ったら買い付けてくる、ということにしましょうか」

「そんなことといいんですか」

「そうだわ」

あたしは気がついた。

「そんなに価値のあるものだった場合、一度、買い上げて、お母様に見ていただいて、そのあと、また売るということも……高いものならまた高額で売れるでしょ」

「ま、できないことじゃないですけどね」

美希喜ちゃんは重々しくうなずく。

「でも、それは最後の手段ですよね。そんなに高く買い取ってはもらえないかもしれませんし。できるだけそうならないことを願います」

「本当に、何から何までありがとうございます」

恵子さんはまた深く頭を下げた。


彼女が帰ると、美希喜ちゃんは「さあて、と」と言いながらスマートフォンを取り出した。

「どうしたの？」

弁当の容器を片付けながら尋ねる。

「まずは文明の利器を使って……」

「え？」

美希喜ちゃんは手早く、「弁当　雑誌　昭和五十六年」「弁当　雑誌　特集　昭和五十五年」などと打ち込んでいる。

「え。そんなんで出てくるかしら」

「まあ、今はなんでもネットで引っかかって来ますから……」

「そのくらい、恵子さんがもう調べてあるかもしれないわ」

「珊瑚さんだって、今、初めて気がついたみたいな顔をしてるじゃないですか。意外と検索に慣れてない人はいるんですよ」

「じゃあ、さっき、恵子さんがいる時にやってあげればよかったのに」

「それは、そこ」

美希喜ちゃんは人差し指を細かく振った。

「ぱっぱとスマホで終わっちゃったら、ありがたみがないじゃないですか」

「美希喜ちゃんも人が悪い、というか、やるわねえ」

しかし、しばらくして彼女はスマホを置いた。

「……やっぱり、そう簡単には出てこないか……」

「そうでしょう?」

「とにかく、時間がある時に行ってきますよ、図書館に……」

📖 📖 📖

ちょっと迷ったけど、私は結局、数日後、大宅壮一文庫に行くことにした。見出しがある程度わかっていれば、その方が探しやすいと思ったからだ。

学生時代、国文学の研究用に、自分の大学にないものは他の大学図書館や国会図書館を使うことが多かったので、戦後の比較的新しい資料が取り揃《そろ》えてある大宅文庫にはあまり行ったことがなかった。

館内のパソコンを使って、昭和五十五年と昭和五十六年のお弁当についての記事を検索すると思っていた通り、膨大な記事がヒットしたが、それを「中学」で絞ると、あっさりと恵子さんが探していたものと思《おぼ》しき特集が見つかった。

私は念の為《ため》、その記事をカラーコピーしてから大宅壮一文庫を出て、帰り道、スマートフォンで雑誌そのものを検索すると、すぐに数件、雑誌そのものも売っているのが見つかった。

私は嬉しくなって、秋子伯母にも連絡してしまった。

——もしかしたら、お客さんが本当に手元に置いておきたい一冊が探せたかもしれません。

すると、笑顔のスタンプが返ってきた。

📖　📖　📖

数日後の午前中、美希喜ちゃんから電話で連絡があった。

「わかりました！　わかりましたよ」

その日は調べ物をして、午後から来る予定になっていた。

「本当に？　よかった」

「恵子さんが中学生のお弁当、っていうワードを覚えていてくれたんで助かりました。『暮しの手帖』の昭和五十六年四月号です」

「なるほど！　確かにいかにも『暮しの手帖』さんが調査しそうなことね」

あたしは膝《ひざ》を叩《たた》きたい気分になった。

「他に同じような記事はなかったから、間違いないと思います。ちょっと司書さんに聞いてみたんですけど、好事家《こうずか》の間ではわりに有名な記事だったみたいです。クラスまるごとお弁当の写真を予告なく撮って載せるって、今では考えられないよね、って」

「へえ、そうなの」

「一応、コピーして出てきて、発売号がわかったんでスマホで検索したら販売しているところも見つかりました」

「え。どこで？　古本のサイトとか？」

いわゆるオークションサイトやアマゾン、チェーン系の新古書店のサイトとは別に資料的、歴史的価値の高い古本を扱う老舗の通販サイトがある。そういう場所かと思った。

「いいえ、これがなんと、メルカリで」

「えー！」

「驚きますけど、あっさりあったんです」

「いくら？」

思わず、下世話だけど、一番大切なことを聞いてしまう。

たぶん、北海道にいた頃の自分だったら無躾《ぶしつけ》に値段を尋ねたりできなかったに違いない。あたしも変わった。

「それが九百九十円で」

「え、安い」

「でしょ。まあまあな値段ですよね。これすぐ買って、倍の値段つけていいでしょうか」

うちの店ではだいたい、仕入れ値の倍の価格をつけることにしている。さまざまな手間賃、交通費なども含めての値段だ。それに、そう決めておけば、万が一、値切られても仕入れ値がすぐにわかるから話しやすい。とはいえ、今回、あまり儲《もう》けは出ないだろう。

「……まあ、いいでしょう。図書館への出張費も含めて」

「ですよね、これなら。とりあえず、買い付けておきます」

電話を切って本当にほっとした。


恵子さんに「お目当てのものが見つかったようだ」と連絡し、表紙と該当ページの最初の方を写真に撮って送ると、「そうです！　たぶん、それです。間違いありません」という返事がきた。

次の週にならないと、デイサービスの日にパートを休めない、というので少し待つことになった。あたしも早く彼女の驚いたり、喜んだりする顔が見たくて、そわそわしてしまった。

やっと恵子さんが来る日、あたしはコーヒーを淹れてお迎えした。

「こんにちはー」

先日より、ずいぶん気を許した感じで、恵子さんは入ってきた。

「いらっしゃいませ」

「先日はどうも」

あたしと美希喜ちゃんも笑顔で彼女を迎える。

「見つかったんですって」

「見つけましたよ」

あたしはバックヤードから一冊の雑誌を出し、レジ横の机の上に出した。

「ほら、これですか」

「ああ」

恵子さんは息を呑《の》んで、雑誌に手をかけた。

その表情、その声だけで十分な気がした。まだ中を開けていなくても、たぶん、恵子さんの琴線に触れたのだ、ということがわかった。

「……どうですか？」

美希喜ちゃんはまだ不安そうに彼女の顔をのぞき込んだ。

「これだと思います。この間、写真を送っていただいた時も思ったけど、見覚えがあります、この表紙」

表紙は今の女性誌のように写真ではなく、絵画だった。薄い青地に花が散り、蝶《ちょう》の模様のブラウスを着た、華やかな切れ長の目の女性が描かれている。

「ずいぶん、今の雑誌と雰囲気、違いますよね」

美希喜ちゃんが感に堪《た》えぬように言った。

「ええ……でも、当時もこういうのはめずらしかったと思います。ちょっと変わってるなあと思った覚えがありますから……というか、今、これを見て、自分がそういう感想を持ったのを思い出しました」

恵子さんはそこでやっと顔を上げて、開いていいですか、と尋ねた。

「もちろんです。確かめてください」

中は白黒とカラーの印刷が混ざっていて、実用的な記事がいろいろとあった。

「自動オーブンレンジをテストする」「あるウエディングドレス」（アメリカの簡素な結婚式についての記事）「小さな書斎」（という奥行きの狭い、引き出し付きの机の紹介で、今でもとても使いやすそうだった）などという見出しのあと、恵子さんの手がぴたりと止まった。

中学一年生のある日のお弁当……。

まさに彼女が言った通り、中一のクラス全員のお弁当の写真がカラーでずらりと並んでいる、シンプルで、でも、大胆なページが現れた。

「これです。間違いありません」

最初のページには見開きで、その教室全体を撮った写真と、下方にこの特集を組むことの説明や意味が書いてあった。

「懐かしい……」

「恵子さんは写ってますか?」

美希喜ちゃんが尋ねる。それはあたしもこの雑誌が来てから、一番聞いてみたいことだった。

「いえ、たぶん、このあたり」

生徒たちが固まっているところを指さした。

「この後ろのあたりに座っていたと思います。当時は背が高くて、後ろの方に座っていたんです」

「そうだったんですね」

「懐かしい」

彼女はもう一度、ささやいた。

「皆、写ってるし、教室の風景も……こんな感じだった。クラスメートの名前もだいたいわかります」

そして、彼女は次のページをめくった。弁当箱がずらりと並んでいた。

そこからはもう、恵子さんはほとんど声を出さず、ただ、ページをめくり続けた。一枚一枚、食い入るように見ていた。

あたしたちは、彼女に気づかれないように目を見合わせた。次第に美希喜ちゃんが不安そうな表情になっているのがわかる。恵子さんが声を出さないので、怖くなってきたのだろう。もしかして、間違えたものを買い付けてしまったのだろうかと。そのくらい、恵子さんの沈黙は長かった。

「……どうですか」

五分ほどすると、美希喜ちゃんがたまりかねたように尋ねた。

「これです。絶対、間違いありません」

あたしたちは思わず、大きなため息をついてしまった。

「やっぱり」

「よかった……」

あたしは尋ねた。

「あの。恵子さんのお弁当はどれですか」

お弁当の写真はずらりと並んでいるだけで、名前などは一切ない。男女の区別もないのでわからない。

「……これです」

彼女が指さした先には、びっしりとおかずとご飯が詰まった、色鮮やかなプラスチックの弁当箱があった。さらに、横にこぶりの容器が置かれていて、そこにはイチゴが詰まっている。ご飯にはふりかけがかかっていた。

「まあ、豪華。フルーツ付き」

「本当、おいしそう」

思わず、あたしたちは褒《ほ》めた。

「でしょう?」

恵子さんはどこか誇らしげな声で言った。

「母は……仕事は忙しいし、決して、裕福ではなかったんですが、お弁当は頑張ってくれていたんです。私が恥ずかしい思いをしないように……」

恵子さんの目は濡《ぬ》れていた。

「本当に大変だっただろうなと思います。私は息子にこんなに豪華なフルーツ入りのお弁当は作れなかったので……」

「女の子と男の子は違うから……でも本当に素敵なお弁当ですね」

「母のお弁当がおいしくて、ちゃんとしてた、という記憶はあったんですけど、どんなものだったか具体的には思い出せなくて……本当によかった。こんなふうに写真が残っていて……」

「そうですね」

「いやあ……」

突然、恵子さんはそう言いながら、片手で目のあたりを覆った。

「見つかってよかった。お母さんが思い出してくれてよかった。そうじゃなかったら、私、ぜんぜん忘れていたから」

本当によかった、ありがとう、と恵子さんは改めて、美希喜ちゃんに向かって言った。

美希喜ちゃんは恥ずかしそうに笑って、「こちらこそ、ありがとうございます」と答えた。

「探すの、楽しかったです」

「……たぶん、私の方が見たかったんだと思います……実は、この間も少し言いましたが、母は軽度の認知症なんです。会話はゆっくりならできるけど……だんだん、いろんな記憶がなくなってきて、前のようには話せなくなって……どんどん変わっていく母が私にはなかなか受け入れられない、というか、受け入れなくちゃならないんだけど、やっぱり、つらくて」

その時、恵子さんの頰にはっきりと涙が落ちた。

「昔、母がこんなお弁当を作ってくれたんだってことが思い出せてよかった。見られてよかった。今みたいに、お弁当の写真がすぐに撮れるような時代じゃなかったし」

「そこまで喜んでくださって、私たちも嬉しいです」

ね、珊瑚さん、と美希喜ちゃんがこちらを見る。

「ええ、本当。お母さんも喜ばれるかしら」

「もちろん、と言いたいところだけど、どうでしょう？　憶えているかな？　自分が言ったこともすぐ忘れちゃう母だから」

恵子さんは涙も拭《ぬぐ》わずにつぶやいた。

「でも、この特集、すごい記録よね。昨日も美希喜ちゃんと見ながら話してたんだけど……」

「当時の様子がこんなんだったんだってわかって、私も楽しかったです。なんの前触れもなく、写真を撮らせろなんて今では考えられないけど、だからこそ、生の生活が写っていますよね」

「あたし、びっくりしたの。四十年以上前のお弁当なのに、意外とって言ったら失礼だけど、すごくちゃんとしていて、おしゃれで、さすが東京の学校だなあって」

「私が子供の頃と変わらないよ」

そんなことをあたしたちが言っている間に、恵子さんはバッグからハンカチを出して涙を拭《ふ》いていた。

「先月、東京で撮ったと言われても、わからないかも。パンやパスタのお弁当も結構、流行《はや》ってたんですね」

「そうですね。そう言われると、今と遜色ないですよね」

恵子さんもうなずく。

「これ、次のクラス会にも持って行こうかな。きっと皆、びっくりする」

「それも楽しいわね」

気がつくと、コーヒーがすっかり冷めていた。もう一度、お茶を淹れ直して、あたしと恵子さんはテーブルについて、ひとくさりおしゃべりをした。美希喜ちゃんは何かの計画があるとかで、隣のブックエンドカフェに行ってしまった。

📖 📖 📖

「ただいま」

私が帰宅すると、母、芽衣子《めいこ》が寝室から顔を出した。

「お帰りなさい」

深夜十二時近かった。今夜は建文さんと一緒に、美波さんとご飯を食べつつ、ブックフェアについての打ち合わせをしてきて遅くなった。母を起こさないよう、抜き足差し足で自室に戻るところだった。

「遅いじゃない」

「連絡したでしょ」

自分でも思っていた以上にぴりっとした言い方になってしまった。

「うん……でも、気をつけなさいよ」

母はあまり強くは言い返さず、そのまま寝室に入ろうとした。振り返ると、ガウンを着た母の背中が思っていたより小さく見えた。

「お母さん」

「ん?」

母が振り返る。

「今夜は、再来月、台湾の作家さんが来日するから、ブックフェアをやろうって、皆で話し合ってきたんだ」

「……そうなの?」

日頃、仕事の話はほとんどしない。鷹島古書店で働くことを嫌がっていた母だから話しにくかった、というのもある。私が急にちゃんと説明したから、驚いたようだった。

「神保町の出版社とカフェと、うちのような古書店や書店さんと、皆で協力してうまくやれないかって話して……」

「いいわね」

「お母さんも来てよ、伯母さんたちと」

母は小さく笑った。

「そうね、考えておく」

「その作家さんの本、今度、持ってくるよ。きっと気にいるから」

おやすみ、と言うと、おやすみ、と返してくれて、そのまま引っ込んだ。

いつかうちの母、芽衣子も、だんだん記憶をなくしたりすることがあるんだろうか。今は想像もできないけど。

母のお弁当はどうだっただろう……スマホを探せば、写真が何枚かは残っているはずだけど……。

そんなことを考えながら、眠りについた。

第五話

伊丹十三『「お葬式」日記』『「マルサの女」日記』

と「なかや」の鰻

「いらっしゃいませ」

あたしが背の高いスツールに腰を下ろすと、男性のバーテンダーさんが静かに声をかけてくれた。あたしよりはずっと若い。でも、世間的に言ったらベテラン？　中年？　そんないい歳の方だ。

「こんばんは」

あたしも笑顔で答える。

「今日は何をお作りしますか……？」

「……ええと……じゃあ……水割りを」

なんとやらの一つ覚えでそれしか知らない。

「ウイスキーの銘柄は？」

「……よくわからないので、適当な国産ウイスキーを」

これもまた、いつも同じだ。そう言っても、ここの方たちがあたしのような老女相手に馬鹿高いものを勧めるわけはないので安心している。

できあがった水割りはほのかにスモーキーで、香り高い。

最初の一口をごくっと飲むと、身体の疲れがとれ、こわばっていたものが一気にほぐれていく気がした。

ここは山の上ホテルの小さなバー。たくさんの著名人たちがこのバーの止まり木に座ってきたはずだ。

ここには最初、美希喜ちゃんの大学の後藤田先生や、神保町の古書店主さんたちに連れてきてもらって、おっかなびっくりお酒を飲んだ。

一度、辻堂社長に、ホテルの天ぷら屋さんにご招待され、待ち合わせの六時よりずいぶん早めに着いてしまい、時間を潰《つぶ》すため、そっとのぞいてみたら誰もいなかった。おっかなびっくり、どころか、ヒグマの巣の中に飛び込むくらいの勇気を出して一人で入ってみたら、これがなんとも素敵な時間となって、それからやみつきになってしまった。

あたしはここに初めて一人で入った日のことを思い出しながら、また一口、水割りを口に含む。極限まで薄いグラス、氷山の一部を砕いて持ってきたような形で、透明度が高い氷、すべて、細心の注意と気配りを施した水割りだ。美しい氷がとけていくのを眺めながら、なめるようにすする。身体にアルコールがだんだん回ってきて、頭がぼんやりしてるのに胸はほっこりと熱い。

この時間があたしを癒やす。

開店間近の夕方四時半から五時過ぎ。店にはまだ、ほとんど誰もいない。この場を一人占めしながら楽しむ。そのうちに、一人、二人と客が入ってくる。そのざわめきを聞いているのもまた、心が躍る。

あたしのように一人で飲んでいる人もいるし、ホテル内のレストランのウェイティングバー代わりに使う客もいる。待ち合わせの人も。

あまりにもゆっくりと流れる時間。

なんと貴重なことだろう。

とはいえ、こんなことをするのは月に一度、または二度くらい。だいたい、一杯の水割りを丁寧に飲むだけ。六時過ぎると人が増えてくるから、そっと立ち上がってお勘定をお願いする。

でも、今夜は二杯目を頼んだ。

「ここのところ、天気が持ちませんね。明日は雨になりそうですよ」

カウンターの上に新しい水割りを滑らせながら、バーテンダーさんが話しかけてくれた。

「そうですねえ。花冷えなんていうけど、桜が散ってしまうわねえ」

あたしはうなずく。

「お花見の時期はこの店も混みますか?」

彼は微笑んだ。

「まあ、多少は影響があるかもしれませんが、ほとんどは常連のお客様です。お花見の帰りにこちらに寄ってくださった、なんて言っていただくことはありますが」

「桜を見たあとお酒なんていいわねえ」

ではごゆっくり、とささやくように言って、彼は新しく入ってきた客の方に向かった。

作ってもらった水割りを一口飲んで、はあっとため息をついた。

昨夜、東山さんにLINEで電話したところ、なかなかつながらず、「少し待ってください」という文字のメッセージが来たあと、やっと彼の顔を見ることができた。

「どうしたんですか？」

思わず、そう聞いてしまったのは、返事が遅かったからだけでなく彼がパジャマ姿で、しかもどう見ても彼の家とは思えない白い壁を背景に、緑のソファに座っていたからだ。パジャマ姿というのはこれまでもなかったわけではないが、なんとなく、いつもと雰囲気が違う。

「実は……」

彼は頭の後ろをもぞもぞと掻《か》いてから、右手を画面に見えるようにした。手首に白い包帯が巻かれている。

「一昨日《おととい》から入院しているんですよ」

「え――！」

あまりに急なことでびっくりしてしまった。

「いったい、どういうことですか⁉」

驚きのあまり、まるで責めるような口調になった。

「いや、たいしたことはないんです。実は、水曜日に転びましてね……手首を折ってしまって」

火曜日の夜はあたしと電話で一時間くらい話した。その翌朝、犬の散歩のため外出し、自宅の前の階段のところで転んだと言う。

「幸い、近所の方が見ていて救急車を呼んでくれて、よく調べたら、やっぱり手首にひびが入っていて……頭も打ってるかもしれないからって、そのまま検査を兼ねて入院しているんですよ」

「そんな」

手首や頭だけでなくどこか悪いところがないか、と心配され全身のMRIを撮った。一緒に血液検査をしたところ、多少、数値が高いものがあり、そのまま全身をくまなく検査している、という。

「今のところ、手首以外どこもそんなに悪くないようだし、かえってよかったですよ」

そんなことをのんびりと言うけれど、どうして、すぐに連絡をしてくれなかったのだ、と少しだけ歯がゆい。ご近所の人が救急車を呼ぶほどということは、自分で言っているよりはずっとひどく転《こ》けたのではないか、とも思う。

火曜日の夜に電話し、水曜日に転んで入院し、話すことができたのが金曜日。

なんだか、寂しい。

何がと聞かれたらうまく説明できないのだけど、そして、そう何日も知らなかったわけではないのだけど、そんな大怪我《おおけが》をしてすぐに知らせてくれないなんて、距離を感じてしまう。

「……あたし、行きましょうか、そちらに。ご不便でしょう?」

「え?」

彼は心底びっくりして、手を左右に大きく振った。

「とんでもない。来週の初めにはもう退院します。本当なら今日退院してもいいんですが、ベッドが空いているし、検査結果が月曜にいくつか出るのでいさせてもらっているんですよ。なんていうことはないんです」

そして、さらに詳しく聞きたいと思っていたのに、「あまり長くは話せないので、すみません」と言って、彼はそそくさと電話を切った。

彼がいたのは入院している病棟の「談話室」というところで、面会の家族と話したり、こうして電話をしたりできる場所だそうだ。確かに、そういう場所では落ち着いて話してはいられないだろう。

症状はたいしたことがないというのでほっとしたものの、それから、ずっと心の中でしょんぼりしている。恋人と呼べる人が入院しても気が付かない、なんて……。

「いかがですか」

その声にはっと顔を上げた。

ここのバーテンダーさんは最初に注文したらほとんど声をかけてこない。今日、二回も話しかけてくれるのは、きっとこちらに問題がある。

いつもは月に一、二回しか来ないのに、先週来たばかりであること、そして、めずらしく二杯目を飲んでいること。

そんな些細《ささい》なことが、きっと通常の自分とは違っていて、彼が声をかけてくれる理由になっているのだろう。

「……おいしいです。ありがとう」

「ごゆっくり」

「ありがとうございます」

小さくため息をついてしまった。

東山さんはどうしてすぐに連絡をくれなかったのか。

ご心配をかけるから、お忙しそうだから、と東山さんは言い訳をしていたけど、本当だろうか。

いや、それを疑っているわけではないけど、他の理由もあると思うのだ。

毎日連絡をとったらよかったのか、もう少し近くにいられたら気づけたのか、あたしの話し方や接し方に何か、問題があるのだろうか。考えても答えは出ないけど、少なくとも、東山さんはあたしに遠慮をしている……それだけは確かだ。

ふと顔を上げると、カウンターはほぼ埋まり、あたしの隣の一席をのぞくと満員である。そろそろ失礼しなければ。

「お勘定を」

軽く手を上げると、バーテンダーさんがうなずいた。

「また、よろしくお願いします」

おつりを渡してくれながら、そう言ってくれた。

「ありがとう、ごちそうさまでした」

店を出ると、さらに大きなため息が出た。

好きな人と一緒にいられなくて、なんの人生なんだろうか。

「そもそも文壇バーってなんなんですか？　文壇バーの定義ってあるんでしょうか」

私が尋ねると、相手は間髪入れずに答えた。

「中央新聞の犬飼《いぬかい》さんがいるところだね」

カウンターにいた人たちがどっと笑った。

場所は、神保町の文壇バーHである。

私は後藤田先生と一緒に、そのカウンター席に座っていた。

鷹島古書店の新装開店に伴い、いくつかの本棚を処分し、そこにあった古書も整理したのだが、その多くは私が古書の入荷を手伝っている、O女子大の図書館に引き取ってもらい、中の何十冊かはただで寄贈した。

もちろん、購入していただいたものの方が多く、その金額で工事代金くらいは出た。そのお礼もあって、先生を「飲みに行きましょう」とお誘いした。けれど、先生からの「いや、寄贈していただいたのだから、こちらがお誘いしなければと思っていたのです」というありがたい申し出を受けた。

Hのカウンターには私たち二人の他に、近所の出版社に勤める編集者や新聞記者が来ており、自然と皆で会話するようなかたちになっていた。

ふと思いついて、聞いてみたのだった。美波さんと話してから気になっている、文壇バーとはなんぞや、と。

「これまで私は文壇バーと言ったら、作家や編集者さんが来てるってイメージだったんですが」

「確かにそれもあるけど」

一橋《ひとつばし》出版の編集者、麦田《むぎた》さんが首を振った。彼には前にもここで会ったことがある。近くの大手出版社に勤めていて、以前は文芸誌の編集長をしていたが、今は部長をしているらしい。かなり偉い人なんだと思う。

「それより、自分は新聞の書評委員が来てると文壇バーだなあ、って思う。月一回の会議のあとに来てくれるような場所が、文壇バーとしては一流だって気がする」

「へー」

思いもかけなかった話を聞いて、私は慌てて手帖《てちょう》を取り出し、メモした。腕時計を見ると、すでに夜十時を過ぎていた。そろそろブックエンドカフェも閉店しているだろう。

「……すみません、今の話、ちょっと聞かせたい人がいるので、呼んでもいいですか」

「かまわないけど、どなたですか？」

後藤田先生が尋ねた。

「うちの隣のカフェの美波さんです」

「あ、あの爽やかな人……」

美波さんにＬＩＮＥすると、「店を閉めたらうかがいます」という返事が来た。

それで、文壇バーについてはいったん話をやめてもらって、しばらく、最近の噂話《うわさ》などを聞いていると、美波さんがHのドアを開けて入ってきた。

「美波さん、こっちこっち」

「ああ、ありがとう。美希喜ちゃん」

「……誰かと思ったら、ブックエンドカフェの人か……」

麦田さんがつぶやいて、何人かとはすでに顔見知りであることを知った。

「あら、麦田さん、ブックエンドカフェにも来るんですか」

「うん。東京堂書店に行った帰りなんかによく寄りますよ」

「ありがとうございます」

とはいえ、二人はここまで親しく話を交わしたことはないそうで、改めてお互い名刺交換していた。

「いつも、お世話になっています」

「こちらこそ」

こういう出会いはいかにも「神保町的だなあ」と思う。

「それでは、さっきの話の続きを……」

「なんだっけ?」

「文壇バーの定義はってこと」

私は隣の美波さんを指して、「実はブックエンドカフェを夜はバーにしようか、という話があるんです」と説明した。

「文壇バーにするの？」

「いえ、そこまで考えてはないんですが、いろんな可能性を考えています」

美波さんが緊張の面持ちでうなずいた。

「確かに、『燭台《しょくだい》』や『人魚の嘆き』がなくなって、神保町の文壇バーが少なくなりましたよね」

「ちょっといいですか」

私は軽く手を上げて、尋ねた。

「神保町には『クラインブルー』もあるじゃないですか。昼はカフェですけど、お酒も出していて、夜はちょっとバーになる。あそこは文壇バーじゃないんですか？」

「違うね」

即座に、麦田さんが答えた。

「どうしてですか」

「あそこは……確かに作家や編集者が打ち合わせに使うこともあるが、文壇バーじゃないよ。マスターもそういうつもりはないと思う。どちらかというと、演劇人やアーティストの店じゃないか」

「なるほど。としたら、やっぱり、文壇バーにはなんらかの定義というか、資格というか、あるんですよね」

「そうね。今の続きで言えば、明確な条件がある」

「なんです？」

「それは、何より、自分で『文壇バーです』って名乗ること」

私と美波さんは思わず、顔を見合わせて笑ってしまった。

「なるほど、確かに」

「それって大切ね」

「そして、さっきも言ったように、新聞の書評委員たちが来ること」

「犬飼さんも」

「犬飼さんて、どなたですか？」

美波さんが尋ねると、Hのママが笑いながら答えた。

「今日は来てないわね。あとで、LINEで呼びましょうか」

「え、ここには来るんですか」

「もちろん。いらっしゃいますよ」

「さすが、H」

「でも、僕はちょっと違う考えがあります」

端っこで静かに酒を飲んでいた、別の編集者の男性が手を上げた。ここにいる中では若く、三十代半ばである。

「失礼ですが、どちらさまですか？」

私が尋ねると、「神田《かんだ》出版の向井《むかい》です」と答えた。

「やはり、厳密には芥川賞《あくたがわ》直木賞《なおき》の選考会のあと、選考委員たちが二次会で行くバーが真の文壇バーではないでしょうか。もしくは贈呈式のあと」

「なるほど」

「それを言われたら、ぐうの音もでないな」

麦田さんがうなずく。

「だとすると、直木賞の選考会の二次会、銀座の『数奇屋橋《すきやばし》』」

「芥川賞の銀座の『ザボン』」

「それ以外は文壇バーではないと」

「いや、それじゃ、定義が厳しすぎてさすがに文句が出るでしょう」

「あれはどうですか？　店の中にずらっと本を並べてるやつ。いかにも文壇バーっぽい」

「あれも善し悪《よあ》しだよね。並べりゃいいってもんでもない」

「確かにねえ」

「そうそう、こういうの、どう？」

麦田さんが美波さんの方を見て言った。

「昼間はブックエンドカフェ。夜は名前を変えるっていうの」

「あ、それいいですね。なんだか、いかにもそれっぽい」

「何か、いい案ありますか？」

すると皆、一様に、腕を組んで頭を傾けた。

「……バー『本立て』。ブックエンドカフェを日本語にする」

「そのまんますぎませんか」

「でも、ほんたて、って響き、そんなに悪くないよね」

「バー『本棚』」

「そういう店、すでにありそう」

「それこそ、ちゃんとした作家さんにつけてもらったらどうです？」

「確か、『ザボン』は丸谷《まるや》才一《さいいち》さんにつけてもらったはずですよね」

「さて、今、丸谷才一さんレベルの作家となると……」

「それこそ、直木賞か芥川賞の選考委員の誰かに頼むのがいいんじゃないですか」

「今なら又吉《またよし》さんあたりじゃないと、インパクトないよ」

皆、だんだん、私たちのことはそっちのけで口々に適当なことを言い出していた。ふと、横の美波さんを見ると何かむずかしい顔をして考え込んでいるふうだった。


翌朝、鷹島古書店の開店時間より早く、ブックエンドカフェをのぞくと、モーニングの時間に立ち働く美波さんがいた。

昨夜は深夜まで飲んで、ふらふらになって帰ったのに、美波さんは早朝に起きてちゃんとモーニングを作っているのだと思うと、申し訳なさと当時に、どこか、身体の中に元気がわいてきた。

「おはようございます！」

中に入って、カウンターに座り、コーヒーとトーストをお願いした。

注文を取りに来たのはアルバイトの男の子で、美波さんは私の方に「ちょっと待っててね」というような笑みをよこした。

しばらくして、出社前に寄った客の波が引くと、美波さんが私の近くに来ておかわりのコーヒーをサービスしてくれた。

「昨日はありがとうございました」

美波さんが私の前に立って、にっこりと笑った。

「こちらこそ」

共犯者のような顔をしているだろう、と思いながらこっちも笑う。

「……なんだか、無理矢理誘っちゃってごめんなさい。美波さん、朝早いのに……」

「いえいえ、本当に参考になった」

「本当？」

「本当。一晩、いろいろ考えちゃった」

「わかる」

私も同じ気持ちだったからうなずいた。

「皆さんの話を聞いていて、私には文壇バーを開くなんてとても無理だとわかった」

「そんな……」

そう答えながらも、実は内心、私も思っていた。美波さんには荷が重すぎるのではないか。最初から無理をするのはよくない。そして、真面目で押しが強くない美波さんに「うちは文壇バーです」と名乗らせるのも無理な気がした。

「夜、軽く気軽に飲める店を開きつつ、建文さんがやってくれるブックフェアなんかもやって、そして、頑張っていたら、きっと自然にそう呼んでくれる人が出てくるかもしれない、そんな気がした」

「それはすごくいいと思う！」

「とにかく、次のイベントを成功させましょう。私も頑張る」

「台湾の作家さんの本を読んで、そこに出てくる飲み物や食べ物をそろえたいわね。どう思う？」

「もちろん、賛成」

私はうなずいた。

「ねえ、でもお店の夜の名前はどうする？」

「あー、そこまでまだ考えがいたってない」

「でしょ」

「それも少し考えるよ。誰か手伝いを頼めそうな人も探さないと」

私も忘れないように、手帖にメモした。

「どうだい。今夜、鰻《うなぎ》でも食べないかい。ご馳走するよ」

あたしが一人で店番をしていると、午後、辻堂社長がひょっこり顔を出して誘ってくれた。

「あらまあ。いいんですか」

鰻、と聞いて断る人はないだろう。

東山さんのことが気になり、うつうつと過ごしていたところに、一瞬の光が灯《とも》ったような気がした。

美希喜ちゃんも最近は、ブックフェアのことで忙しく飛び回っていて、店にいる時も建文さんや他の人が来ていて打ち合わせをしていたり、落ち着かない。

そんなところに、ありがたいお誘いだった。

もう、なんでも行きます、チェーンの牛丼屋《ぎゅうどんや》の鰻でも、と心の中で思いつつ、つい聞いてしまう。

「お店はどちらですか？」

「神保町の鰻と言ったら、『なかや』だろう」

「わー」

両手を組み合わせながら、思わず、はしたない声が出てしまった。

神保町には何軒か老舗《しにせ》のうなぎ屋があるけれど、『なかや』は最近、きれいに改装して、その味はそのままにとてもおしゃれになった。女性が一人でも明るくて入りやすい店だ。あたしも時々、飛び切り頑張った仕事のあとなんかに、ランチで行くことがある。

「肝と白焼きで冷酒飲んで、最後はうな重で締めるか」

それ以上に惹《ひ》かれる言葉があるだろうか。あたしは今度は「ひゃー」というような声を出していたと思う。

「すばらしい！」

「珊瑚さんは喜び方がいいから、おごり甲斐《がい》があるよ……今夜は何時にあがるの？」

「美希喜ちゃん、今は外出してますが、その代わり、帰ってきたら閉店までいて、レジと店を閉めてくれることになっているんです。だから七時には店を出られます」

「……じゃあ、七時過ぎに『なかや』でな。予約しておくから」

「ありがとうございます」

「俺も楽しみだよ」

あたしは夜の鰻のことを考えて、それからそわそわして仕事が手に付かないほどだった。

七時ぎりぎりに帰ってきた美希喜ちゃんにわけを話し、春用のコートを羽織って店を出た。

「なかや」に入ると、一番奥のテーブル席に、社長が座っていた。

「お待たせしました」

彼はすでに生ビールを頼んで、お新香で飲んでいた。

「いや、いや、先についたから、駆けつけなんたらだ。珊瑚さんもビールにする？」

「ビールを飲んでしまうと、お腹がいっぱいになるし、量も飲めないので。最初から日本酒にします」

「なるほど。欲深いねえ……これは褒め言葉だよ」

メニューにずらりと並んだ日本酒から、長野の超辛口のしぼりたてのお酒を選んだ。冷酒でいただくことにする。そして、辻堂社長と相談して、肝焼きやう巻き、ホタルイカの沖漬けなんかを頼んだ。

「乾杯」

先に届いた冷酒と生ビールのグラスを軽く合わせて、ぐっと飲み干した。

「ああ、おいしいですねえ」

あたしはしみじみと声が出た。

それを聞いて、社長がわはははは、と大きな声で笑った。

「珊瑚さんがこっちに来て、どのくらいになる?」

「そろそろ、一年半でしょうか」

「まるで、東京生まれのような、なじみ方だなあ」

「そうですか?」

意外な言葉で驚いた。

自分では、生活でも、仕事でも、遊びでも、山の上ホテルのバーでも、いつもおっかなびっくりやっているようなのに。そう言うと、社長はうなずいた。

「そう、それだよ。珊瑚さんは確かに、おっかなびっくりなんだけど、『あたし、ぜんぜんダメなんです、わからないんです』っていうのを隠さないから、逆にいいんだろうなあ。皆、手を貸してくれて、気がついたら、なじんじゃってる」

「そうですかねえ？」

「なあ。こんなに、東京が楽しいと、若い頃からここに住んでいたかった、なんて思わないかい？　お兄さんの滋郎さんと一緒に、東京に出てきて、ここで就職したとしたら、どんな人生になってたかな、なんて考えない？　きっと珊瑚さんなら、うまくやっていたと思うが」

あたしはガラスの酒器を持ったまま、ちょっと首を傾げた。

「どうでしょう。あたし、北海道に生まれて、一年半前まで、ほとんどそこから出たことがなくて」

その時、肝焼きが運ばれてきて、会話がいったん止まった。

丁寧に串から肝を外して、口いっぱいに頬張《ほおば》った。鰻の肝にはもちろん、少し苦みはあるけど、でもここの店のは臭みもなくて、柔らかい。あっさりした焼き鳥のようだ。そこに、辛口の冷酒を含むと、これほど酒に合うものがあるだろうか、と思う。

「あー、おいしい」

「これは、俺も酒にしよう」

社長は、あたしと同じ日本酒を追加した。

「……それで、さっきの話ですけど、北海道でよかったなあと思いますね。地元で両親の面倒を看《み》ながら、お友達と過ごした月日も楽しかったですから」

「そういうものかなあ」

「東京に出てきていたとしても、やっぱり、一度は北海道に帰っていたと思います。あの広々とした土地で過ごす季節はいいものです。おいしいものもたくさんあるし、こちらではまったく運転はしませんが、時々、帯広の郊外で車を走らせたい、なんて思い出すこともあります。何より」

そこで、運ばれてきたう巻きを頬張った。

「両親を最後までちゃんと面倒看た、責任を果たした、という満足感には替えられません」

「そうか」

「兄が死んで、いろいろなものが残されて……でも北海道でのことを『えいやっ』と振り切って、東京に来られたのも、その自信があるからかもしれません」

「なるほどなあ」

今夜の社長は聞き上手だった。

「じゃあ、もしかして、珊瑚さんはいつかは北海道に帰るつもりなのか」

あたしは一瞬、返事ができなかった。それは今一番、迷っていることでもあるから。

「……どうでしょうか。それは……」

社長は運ばれてきたホタルイカの沖漬けをいくつか自分の皿に取り分けたあと、こちらに回してくれた。あたしもそれを皿に移しながら答える。

「もちろん、向こうに家もありますし、友達もたくさんいますので……いつかは帰ろうと思いますし、たぶん、あっちで死ぬことになるんじゃないかといつも考えています」

最後は自分自身に言い聞かせるように言った。

「そうなのか」

社長は、寂しいなあとか、意外だなあとか言わずに、うなずき、沖漬けを口に入れて酒を飲んだ。あたしも同じようにする。

肝焼きの何倍も苦くて生臭い味、それがつるんと舌に乗って、噛《か》みしめるごとに強くなる。なのに、辛口の酒を流し込むと、口の中が甘くなるのだ。

あたしはふと店の中を見回す。最初はほとんど人がいなかったのに、八時近くなったら急に混んできた。会社帰りの上司と部下のような集団が騒いでいたり、父親とその息子と嫁と思われるどこか緊張感が漂うテーブルがあったり、恋人同士なのかただの同僚なのかわからない男女二人もおいしそうにうな丼でビールを飲んでいたりする。

建て替えたばかりの店はガラス張りで、通りに人が行き来するのがよく見えた。東京の夜の風景はやはり、華やかだ。いつか、懐かしく思い出すのではないだろうか。

「……実は、会社を誰かにゆずって、隠居しようかと思うんだよ」

「え」

思いがけない社長の言葉に、あたしは驚いた。

「でも、会社は社長のお作りになったもので、辻堂社長がいなくなったらどうなるんですか」

なんだか、想像もつかない。

あたしは会社のことはまったくわからないけれど、うちのビルの上に辻堂出版があって、いつも辻堂社長がいるということが当たり前になってしまって、社長がいないなんて考えられないのだった。しかも、辻堂社長はワンマン社長で、これまでなんでも一人でやってきたから、彼なしの会社なんて考えられない。

「……うん。だけど、いつまでも働くわけにはいかないしなあ」

「そうですけど。そのあと、どうなさるんですか」

「それも迷っていてなあ。俺はここが好きだから、隠居してもこのあたりをふらふらして、時々、飯を食いに来たり、飲みに来たりしたいし、そんな老後を考えていたんだけど」

「だったら、辻堂出版で働いているのとどう違うんですか」

あたしは思わず笑ったけど、社長に笑顔はなく、冗談でまぜっかえすような話題ではないのか、と気がついた。

「俺もとっくに七十過ぎだよ。自分が若い頃は皆、上の人たちは六十過ぎには仕事をやめてた。じゃなくても、会長や顧問になって、ほとんど悠々自適の生活してた。こんなに毎日、かつかつ働く人生なんて考えてなかったよ」

「そうですねえ。じゃあ、社長も顧問になられて、週に何回か来たら」

「それも考えた。でも、若いもんにしたら、いつまでもロートルが顔を出しているのもうるさいだろうし」

「そんなこと、ありません、て」

あたしは思わず、言ってしまう。

「いなくなったら、皆、逆にそわそわしちゃいますよ」

「最初はそうだろうが、すぐ慣れるよ」

「どうして、そんなに急にここからいなくなろうとするんです?」

「実は、女房の郷《さと》が高知でね」

「ああ、いいところですねえ」

どこか、上の空で言った。

社長の奥様のことは時々、話に出てきていた。社長がまだこのあたりの出版社に勤めていた時に結婚し、そのまま家庭に入られたと聞いた。スチュワーデス、今で言う客室乗務員で、出張が多かった頃に知り合ったらしい。独立する時にも大きな反対はせずに、夫を支えられたそうだから、きっとできた方なのだろう。

「前から時々話していたんだが、最近、しきりに言うんだよ。高知に帰りたいって。両親が暮らしていた家がそのまま残っていて、手入れだけはしているんだ。何もないけど、柑橘類《かんきつるい》がおいしくて、景色がきれいなところだ。最後はそこでゆっくり暮らすのが夢らしい」

「ああ、それで」

それで、あたしにも「北海道に帰るのか」と聞いていたのか。

「ずいぶん苦労をかけてきたし、最後くらいは好きにさせてやりたいと思うようになってきた」

歳なのかな、と彼は照れた。

「素敵なお話」

でも、寂しかった。

「いや、今すぐという話ではないよ。実はまだ、会社のものにもほとんど伝えてない。あいつら、たぶん、俺が目を閉じる、その日まであそこにいると思っているはずだ」

「あらやだ」

笑ってしまった。

「ただ、ちょっと鷹島古書店が心配でね。こう言ってはなんだか、俺がいなくなったあと、会社がずっとうまくいくかわからないし、おたくに迷惑かけたくなくてね」

「いえ、うまくいきすぎて、別に移ると言うかもしれませんよ」

あたしは言い返した。

「そんなことあるかねえ」

「若い人だけになったら、もう、こんなぼろビルは困るって別のきれいなところに移るかもしれませんねえ」

「まあ、神保町の一等地だ。カフェやレストランを出したいって話もあるかもしれないし」

「そんなうまくいくでしょうか」

話の途中で、頭の中に東山さんが浮かんできて、だんだん大きくなってしまった。

人は歳をとったら、故郷を目指すのだろうか。

何度も何度も断ったのだ。

「ブックフェアの司会は美希喜ちゃんにやってほしい」

そう建文さんに頼まれたのは、フェアの一週間前にブックエンドカフェで打ち合わせしていた時のこと。閉店後、私、建文さん、美波さんで、ハイネケンのビールと美波さん手作りのおいしいカレーを食べながら打ち合わせした。

「お願い！」

目の前で手を合わされて、即座に断った。できるわけがない。

「絶対無理、無理無理無理」

「でも、学会の司会を前にやったって言ってたじゃない」

なぜか、美波さんまで加勢してくる。すでに、二人はそのつもりで計画していたのかもしれない。

今回のイベントは、日曜日の午後二時から四時までの二時間、チケット代二千円でワンドリンク付き。他に、ちょっとしたおつまみも注文できることになっているから、そういうフードについて、二人は私抜きでたびたび打ち合わせをしている。

「それは、大学のうちうちの発表会みたいなもので……」

「O女子大出身の小説家さんのインタビューも取ったことがあるんでしょ？」

建文さんたら、なんでそんなことまで憶えているのだ。ずいぶん前にちょっと話しただけなのに。

「そんなの、身内用の学科紹介のブログ記事だから！　学級新聞レベルだから」

私は建文さんに向き直った。

「今回は建文さんがやるべき。あなたが自分で見つけて、翻訳までこぎ着けた本なんでしょ？　その辺の話とかも聞きたいし……」

「それはさ、美希喜ちゃんの脇《わき》にいるから、必要ならその時々で聞いてくれれば答えるし……司会を編集者がやるってありがちで、ちょっと面白みないんですよ。ここは隣の古書店の若き女性店員がやる、っていうのが特色が出ていいと思う。美希喜ちゃん、小鳥遊《たかなし》やよい先生のファンなんでしょ？」

「まあ、好きですけど……二時間のイベントを仕切るなんてとても無理」

台湾から来ていただいた小説家さんだけでなく、同様に、食べ物と恋愛についての著作が多い、日本人小説家、小鳥遊やよいが登壇することになっていた。小鳥遊さんも彼女の小説を読んで、とても乗り気になっているらしい。

「逐次通訳も入るし話す時間は実質は半分くらいでしょ。小鳥遊さんもこういうフェアには慣れている方だから、二人で話が弾むと思うんだよね。だから、美希喜ちゃんは会場のフォローと、話がちょっと途切れた時に質問を投げかけたり、話がそれすぎた時に元に戻してくれるだけでいい」

「だけでいい、ってそれが大変なんですよ」

「確かに」

美波さんが同意してくれた。

「そのちょっとした口のはさみ方で、会が成功にも失敗にも変わるんだから」

「そこまで大きく失敗することってないと思うんだけど……ファンの人が来てくれるんだし」

「そんな簡単に言わないでよ。責任が重すぎるよ」

「まあ、僕がやってもいいんだけど……」

建文さんが首を傾げた。

「この町でやる意味というか、雰囲気を出したいんだよね。あと、他に、大阪と京都に行って、トークイベントとサイン会をするんだけど、そちらは僕が司会やインタビューをする。大阪は書店の会場、京都はお寺の一角を使って。だから、ここではやっぱり、神保町のバーの感じと古書店のイメージを打ち出したい。あと、出版社や作家、古書店、書店、飲食店なんかが一枚岩で頑張っていることも見せたい」

「うーん」

私はビールを飲んで考えた。

「司会進行、それから、二人への質問は僕が事前に作っておくし、逐次通訳は普段、国際会議なんかでやってる人を二人用意して、できるだけ違和感なく、会場に伝わるようにするから」

彼が気を遣って説明してくれればくれるほど、荷が重くなってくるのだった。

「本当に、自信ないんだもん……」

私はビール瓶を握りしめて、首《こうべ》を垂れた。

「じゃあ、諦《あきら》めるか。ただ、今後のことを考えて、美希喜ちゃんにはもっとこういう機会を増やして欲しいと思っていたんだけど」

「今後？」

「うん。だって、これからもずっと鷹島古書店をやっていくんでしょ？　町や店の活性化を考えたら、イベントは不可欠だよ」

なんだか、いつもの建文さんとは違う、と思った。

いつもの彼は、正直、私の言いなり……というか、だいたい、私が思うこと、頼んだことはやってくれて、相談に乗ってくれて、でも、おっちょこちょいで……ちょっと甘く見ていたのかもしれない。

頼りになるけど、頼りにならない……そんな矛盾した人だった。

だけど、こんなに力強いことを言う時もあるなんて。

「……やった方がいいかしら」

「絶対、いいと思う」

建文さんは深くうなずいた。

「できたら、『なんかイベントやろうよ』『いいね！』くらいな感じでばんばん楽しい催しができるような、そんな人、そんな店になってもらいたいんだよ」

「なるほど」

気がついたら、自分でもうなずいていた。

「僕も横にいるし。質問して欲しい時はすぐメモを入れたり、助け船を出すからさ」

「うーん」

「あと、うちの社長がお礼に山の上ホテルの天ぷらでも鉄板焼きでもなんでもおごるって」

「ちょっと、それを早く言ってくださいよ。天ぷらより鉄板焼きがいいなあ」

「社長も言ってた。若い人は肉がいいだろうって」

「なら、やろうかなあ」

もちろん、私は肉のために承諾したわけではない。ただ、散々ごねたあげくに建文さんの言葉で受け入れるのが恥ずかしくて、それを口実にしたのだった。


二人と別れた後、鷹島古書店に一度戻ることにした。コートを店に置いたままだったので、取りに帰ったのだ。

すでに店は閉まっているから、シャッターを上げて店に入っていった。すると、驚いたことにまだ店に珊瑚さんがいた。

「帰ってなかったんですか」

「ああ、美希喜ちゃん」

珊瑚さんはレジ前に座って、ぼんやり頬杖《ほおづえ》をついていた。

「本の整理をしていて」

嘘《うそ》だと思った。どう見ても、本を整理してるようには見えなかったから。だから、思わず笑ってしまった。

「してないじゃないですか」

でも、珊瑚さんは笑わずに「今、するところだった」と生真面目な表情で答えた。

「……どうかしたんですか」

「ううん」

確かに一応、机の上には何冊か、本が置いてあった。それを珊瑚さんはぼんやり見ていた。

「あとは私が明日やっておくから、もう帰りましょ」

「うん」

私はコートを羽織り、まだなんとなくぐずぐずしている珊瑚さんをせき立てて店を出た。神田まで歩きながら、ブックフェアの司会について話した。

「……ていうわけで、頼まれちゃったんですよ」

「美希喜ちゃんなら、大丈夫、ちゃんとやれるわよ」

「そうですかねえ」

中央線に乗った後も新宿で降りるまで、私はずっとブックフェアのことを話し続け、珊瑚さんは黙って聞いてくれた。

新宿駅の少し前まで来て、私はふっと思い出して尋ねた。

「珊瑚さん、どうしたんですか？」

「何が？」

珊瑚さんはそれでもまだ微笑んでいた。

「さっき。なんだか、ぼんやり考え込んでましたけど」

すると珊瑚さんは少し躊躇したあと、車内アナウンスの「次は新宿」という言葉に押されるように答えた。

「……ちょっとね……実は東山さんが入院してしまったの」

「え！」

珊瑚さんは早口でバタバタと、東山さんの怪我の様子を説明してくれた。

「だから、彼はそうたいしたことはないって言うんだけど……」

そこで、電車が大きく揺れて、駅に到着したことがわかった。

「よかった！　じゃあ、ブックフェアは大丈夫ですね！　絶対、見に来てくださいね。珊瑚さんがいないと私、なんか心細いから」

そう言いながらドアに向かい、言い終わるとちょうど電車のドアが閉まった。ガラス越しに珊瑚さんはずっと手を振っていて、なんだか、今生の別れみたい、と私は思った。

ブックフェアの日は隣の汐留書店の沼田さんの奥さんに店番を頼んで、美希喜ちゃんに言われた通り、一番後ろから彼女の姿を見ていた。

時間になると、美希喜ちゃんは黒いワンピース姿で、誰よりも先に皆の前に出てきた。きっと、今日の主役たちより目立たないように気を遣ったんだわと感心した時、それが美波さんがいつも着ているワンピースと同じことに気づいた。貸してもらったのかもしれない。なんだか、温かい気持ちになった。

「本日は皆様、お忙しいところお集まりいただき……」

ありふれた口上だったが、出だしのところで声がうわずり、妙に甲高い声になってしまった。彼女は一瞬照れ笑いしたが、逆にそれで落ち着いたのか、その後はまったくよどみない、落ち着いた司会ぶりだった。

あたしの横には美希喜ちゃんのご両親で甥の光太郎《こうたろう》さんと妻芽衣子さん、そして、親族の岡田三姉妹がいた。

皆、彼女の晴れ舞台を見に来たのだ。

「……美希喜ちゃん、よくやってるわね」

あたしは途中、光太郎さんに耳打ちした。彼はただ軽く頭を下げるのが精一杯のようだった。

娘以上に緊張している。

日台《にったい》の逐次通訳が交互に入るというむずかしい状況だった。でも、それも功を奏して、自分たちが貴重なものを聞いている、言葉が違うのに同じものを楽しんでいるという実感があった。会場内も熱気にあふれ、笑い声や拍手が自然に何度も起こり、どんどん盛り上がってくるのがわかった。

あたしはひとまずほっとした。けれど、そのため逆に、途中からかなり努力していないと、自分の気持ちがそれていってしまった。

今頃、東山さん、どうしているのかな……東山さんにも聞かせたかった。あの人、あれで結構、若い女性が書いたものとか、おいしい食べ物の話とか好きだから、きっと楽しんでくれたに決まってる。台湾には行ったことがあるって前に言っていたっけ……あたしも行ってみたいわ、きっと飲茶《ヤムチャ》がおいしいでしょうね……できたら、東山さんと二人で……でも無理よね……東山さんは怪我をしてしまったし、当分、海外旅行なんて……いいえ、海外どころか、国内だってもう旅行できないかもしれない……もしかして、あたしたち、もう二度と海外に行ったりできないのかしら……ああ、もっと早く出会いたかった……ううん、そんなこと考えたらいけない、東山さんには奥様がいたもの……若い時、知り合ったら今よりずっと悩んだに違いないわ……あらやだ、あたしったら変なこと考えてる。やめましょ、話に集中しないと……でも、海外旅行行ってみたいわ……あたしがもっと若かったら……。

「最近、人生って短いなって思うんです」

まるで、自分の考えが向こうに聞こえたんじゃないだろうか、と思うような言葉が聞こえてきて、あたしははっと我に返った。それは、日本人作家、小鳥遊やよい先生の声だった。

続いて台湾語の通訳の声が答えた。台湾人作家の言葉を訳したのだろう。

「……いえいえ、そんなことはないでしょう。先生はまだお若いですよ」

理路整然とした言葉の後に軽い笑い声が響いた。

「そうでもないんです。五十過ぎたら、やっぱり、身体のあちこちにガタがきましてね。若い頃のようになんでもできるわけではなくなってきました。それで、本気で自分がやりたいことをやろう、もっと自分の気持ちを大切にしようっていう気持ちになりました。健康にも気をつけて、ウォーキングも始めたんですよ」

賛同の気持ちからか、軽い拍手が沸き起こった。

あたしから見たら、五十代の女性はまだまだ老いてはいない。いや、まぶしいほど若く見えるのに……。

「……すみません。あたし、失礼しますね。店に戻ります」

あたしはまた、隣の光太郎さんに耳打ちした。

「あ、はい。今日はありがとうございました」

彼は舞台に目を向けたまま、言った。あたしは続けて、芽衣子さんと岡田三姉妹に軽く会釈した。

美希喜ちゃんは大丈夫だ。だって、こんなにたくさんの人たちに囲まれて、皆、彼女を心配し、見守っているのだから。

あたしは自分を今、きっと一番待ってくれている人のところに行こう。

もう一度、美希喜ちゃんを見つめた。彼女がこちらを見て目が合ったら、会釈してここを出るつもりで……。

📖　📖　📖

途中から、気がついていた。

お客さんの中から強い視線を感じていた。作家さんたちが話している間、そちらを見ると、一番後ろで見守ってくれている珊瑚さんだった。

珊瑚さんはうちの両親や伯母たちの横で、両手を握りしめるようにして、じっとこっちを見てた。まるで、泣きだしそうな顔なので、「大丈夫ですよ」という意味を込めて軽く微笑むと、彼女はこくん、とうなずいた。

その時、作家さんの会話が止まり、私はそちらに気を取られた。

「……では、今度は小鳥遊先生からご質問いただきましょうか……今回の作品を読んでの、日台の恋愛観の違いなど疑問点があったらよろしくお願いします」

小鳥遊先生が話し始めたので、珊瑚さんの方を見ると、彼女はいなくなっていた。

トイレにでも行ったのだろうと思っていたけど、フェアが終わり、サイン会が終わっても、珊瑚さんは姿を現さなかった。

　トークが終わり、作家さんたちのサイン会をし、二人を送り出して、ブックエンドカフェの片付けが終わったのが七時過ぎだった。そのあとは打ち上げがあったけど、私はその前に鷹島古書店に寄った。珊瑚さんにお礼も言いたかったし、感想も聞きたかった。店は開いていたけど、店番をしていたのは隣の汐留書店の沼田さんの奥さんだった。

「あれ？　珊瑚さんは？」

　レジの前に沼田夫人が座っているのを見て、店番のお礼より先に驚いて叫んでしまった。

「なんだか、北海道の知り合いが急病だってことで、急いで出かけられたんですよ」

　奥さんはおっとりと微笑んだ。

　東山さんが怪我をしたと、この間言っていたけど、関係があるのだろうか。あまり重い症状ではない、と言っていたような気がしたけど……。

「美希喜ちゃんにはこれを、と」

　私の名前と珊瑚さんの名前が書かれた封書を渡された。

「えー、なんなんだろう」

　私は胸騒ぎを感じつつ、沼田さんの奥さんにお礼を言い、パート代も支払って帰っていただいた。

　そして、一つ、大きなため息をついてから、手紙を開いた。

鷹島美希喜様

こんな出発になってしまって、ごめんなさいね。

あなたと作家さんたちの話を聞いていたら、いてもたってもいられなくなってしまったの。

沼田さんの奥さんには急病と言ったけど、そこまで、急病じゃないから安心して。

東山さんが十日ほど前に転んで骨を折ってしまったことはこの間、言ったわよね。本人はたいしたことはない、と言うんだけど、あたしに遠慮しているようなので、本当の様子がよくわからないの。だから、自分のこの目で確かめたいの。

今、一緒にいないと、きっとあとで後悔すると思ったのです。

向こうに着いたら、連絡しますね。

本当に、急なことでごめんなさい。

鷹島珊瑚

便せん一枚に走り書きで書いてあった。

いったい、どういうことなのだろう。

「開いてますかー？　まだやってる？」

そう声をかけられて、驚いて、顔を上げた。

引き戸を開けて、顔をのぞかせているのは、奏人《かなと》だった。

「まだやってる」

答えた声が詰まって、自分が少し泣いていることに気がつき、自分が一番びっくりする。彼がこちらに歩いてくる間に慌てて涙を拭《ふ》いた。

「今日は一人？」

「いいえ。ああ、ブックフェアだったけど、今戻ったとこ」

「そうだった。僕は行けなかったけど、招待されていたんだった。ごめんね」

奏人は肩をすくめた。彼らしい仕草だった。

「珊瑚さんは、急に北海道に行ってしまったの」

「え？　どうしたの？」

奏人は私の顔をのぞき込んだ。

「どうも。ただ、お友達の怪我が心配で北海道に行っちゃって」

「うん」

「急だから、びっくりしたの」

「それで、泣いてたの？」

私は顔を背けた。

「そんなでもない。ただ、ちょっとびっくりして……」

珊瑚さんはそんなに切羽詰まっていたのだ。それなのに、私は気づけなかった。ちゃんと話を聞いて、行かせてあげたらよかったのに。

「そう……」

「これ」

私は珊瑚さんの手紙を、彼に渡した。私信を見せるのはいけないかもしれないけど、今は気持ちに余裕がなかった。

「ふーん」

彼はさあっと目を通した。

「別にどうってことない、普通の手紙じゃない」

「そうかなあ」

奏人はテーブル席に座った。

「……コーヒー、おごるよ」

「え？　どういう意味？」

「コーヒー二杯ください。一杯は君が飲んでいいよ」

心配しているのだろうか。

「本当に、いいの？」

「まあ、たまにはご馳走しないとね。いつも飲ませてもらってばかりだし」

コーヒーを用意しながら、建文さんに連絡を入れた。彼らは今頃、打ち上げをしているはずだ。店にお客さんが来ている、その人が帰って店を閉めたら行く、と書いた。

二杯分のコーヒーを淹《い》れていたら、心が落ち着いてきた。

奏人と向かい合わせに座って、自分で淹れたコーヒーを飲んだ。

「……すぐに帰ってくるでしょ」

奏人はつぶやいた。

「向こうの人の様子を確かめたら、帰ってくるんじゃない？」

「どうかなあ……今、一緒にいないと、って書いてあるから、しばらく向こうにいるのかもしれない」

「そう？　そこまでは読み取れなかったけど……言葉のあや、というか、流れで書いただけじゃない？」

「奏人君が言うような意味なら、今行かなかったら後悔する、って書くんじゃないかな。でも、一緒にいないとって書いてあるし」

「いや、そうとも言えない」

「珊瑚さんは言葉を的確に使う人だよ」

「確かに」

「どっちなのよ」

私が彼をにらむと、「聞いてみればいいじゃん」と言った。

「聞いてみる？」

「電話っていう文明の利器があるんだから」

「それがしにくいから聞いているんでしょ。あと、今、たぶん、飛行機の中」

「もう、着いてるでしょ」

「確か、帯広行きの最終飛行機が五時台だったか……なんて聞くの？」

「普通に。いつ帰ってくるの？　って」

私はどうしたらいいのかわからなかった。珊瑚さんの気持ちにずっと気づかず自分のことばかり優先してきたことに、罪悪感があった。

「そうか、それじゃ」

私の顔色を見て、奏人は席を立った。

本棚の周りをぐるぐると回る。

「何、してるの？」

「実は、また、珊瑚さんに本を選んでもらおうと思って来てたんだよね……ほら、この間、ここに一緒に来た子がいるじゃない。あの子が今度は映画を撮りたいとかいうから、なんかいい本はないかなあって思って」

「映画を撮る？　そんな簡単にできるわけないじゃん」

「今は、スマホ一つで映画が撮れる時代だよ」

「そりゃそうだけど……そういう問題じゃないでしょ」

言い返していたら、少しだけ元気が出てきた。

「だから、それを珊瑚さんに聞いてよ」

「え」

「僕がここに来ていて珊瑚さんに本を探して欲しいって言ってるって聞いて。僕の方がいつ帰ってくるのか、聞いてるって言えば？」

「なるほど」

私は慌ててスマホを出し、珊瑚さんにＬＩＮＥを送った。

――奏人君が映画の作り方について、いい本はないかって聞いてます。あと、いつ帰ってくるか聞いてって。


「送れた？」

「うん」

「じゃあ、よし」

彼はうなずいた。

「……ねえ、あの子とは付き合ってるの？」

「あの子、とは」

わかってるはずなのに、彼は尋ね返してきた。

「その、映画の本を探している子」

「別に」

「そうなの」

「……自分の本が出せるまでは、誰とも付き合わないよ」

「やっぱりね。なんか、そういう気がした……あ、返事がきた」

――伊丹十三《いたみじゅうぞう》さん『「お葬式」日記』がいいんじゃないかしら。確か、店の棚には出してなかったけど、店の奥には在庫があったはず。『「マルサの女」日記』もいいわよ。両方あったはずです、たぶん。


いつ帰ってくるの？　という問いは華麗にスルーされていた。でも、この速さで返ってくるということは向こうに着いているのだろう。

「『「お葬式」日記』だって。知ってる？」

「いや。ていうか、映画の作り方を知りたいんだよ。お葬式じゃない」

「映画の『お葬式』でしょ」

「あ、そっちか……」

「観たことある？　『お葬式』」

「うちの家はＷＯＷＯＷを契約してるから、確か、そこでやってたのを観たと思う」

「私はＮＨＫのＢＳで観たことあるかなあ」

「親と観たの？」

「ううん。さすがにあれは親とは観れないよね」

お葬式の準備の間にはさまれた、激しいラブシーンを思い出して、思わず、笑ってしまった。

「僕は、親と観ていて、めちゃくちゃ気まずくなった」

「それはすごいね……あ、珊瑚さんから、またＬＩＮＥだ」


――『「お葬式」日記』はシナリオと、映画制作の日々を綴《つづ》った日記が両方入っています。

確か、「日本では『刑事コロンボ』ですら夢のまた夢である」っていう言葉がすごく印象的でおもしろかった。映画制作なんて遠い世界だから、夢中になって読んだの。


「……『刑事コロンボ』ですら夢のまた夢である。いったいどういう意味なんだろう」

私のスマホをのぞき込みながら、彼は言った。

珊瑚さんのことより、彼は本来の目的である、本の方が気になってきたようだった。

「ねえ、取ってきてよ」

「はいはい」

私は奥に入った。

映画や脚本関係の本の棚にそれはあった。ちゃんと『「マルサの女」日記』と並んで。やはり、珊瑚さんの方が店の隅々までよくわかっている。

「ほら、これよ」

私は本を持って店に戻り、真ん中あたりを奏人に見せた。

「本当に書いてある。日本では『刑事コロンボ』ですら夢のまた夢」

「ふーん」

彼は私から本を引ったくって、椅子に倒れ込むように座って早速読み始めた。

苦笑しながら手元のスマホを見ると、珊瑚さんからはさらにＬＩＮＥが来ていた。


――『「マルサの女」日記』はキャスティングの話も書いてあって、それもすごくおもしろかったの。芸能界の裏話的なことも書いてあって、わくわくした。


私は彼に、珊瑚さんの言葉を伝えようとして、口をつぐんだ。

彼は本に没頭していた。顔と本がくっつくくらい近づけて読んでいる。夢中になっているのが、その視線や姿勢からよくわかった。

日本では「刑事コロンボ」ですら夢のまた夢。

いったい、どういう意味なんだろう。だけど、きっとそれは、とてもおもしろいことなのに違いない。

私は映画のことなんかほとんど知らない。知ってるのは古典のこと、そして、近代文学を少しだけ……。

珊瑚さんはいつ帰ってくるんだろう。

そして、私はそれまでちゃんとこの店をやっていけるんだろうか。
私は奏人の背中を見ながら、不安がこみ上げてくるのを押さえられなかった。

最終話
「京都『木津川』のおひるご飯」
と中華料理店のカレー

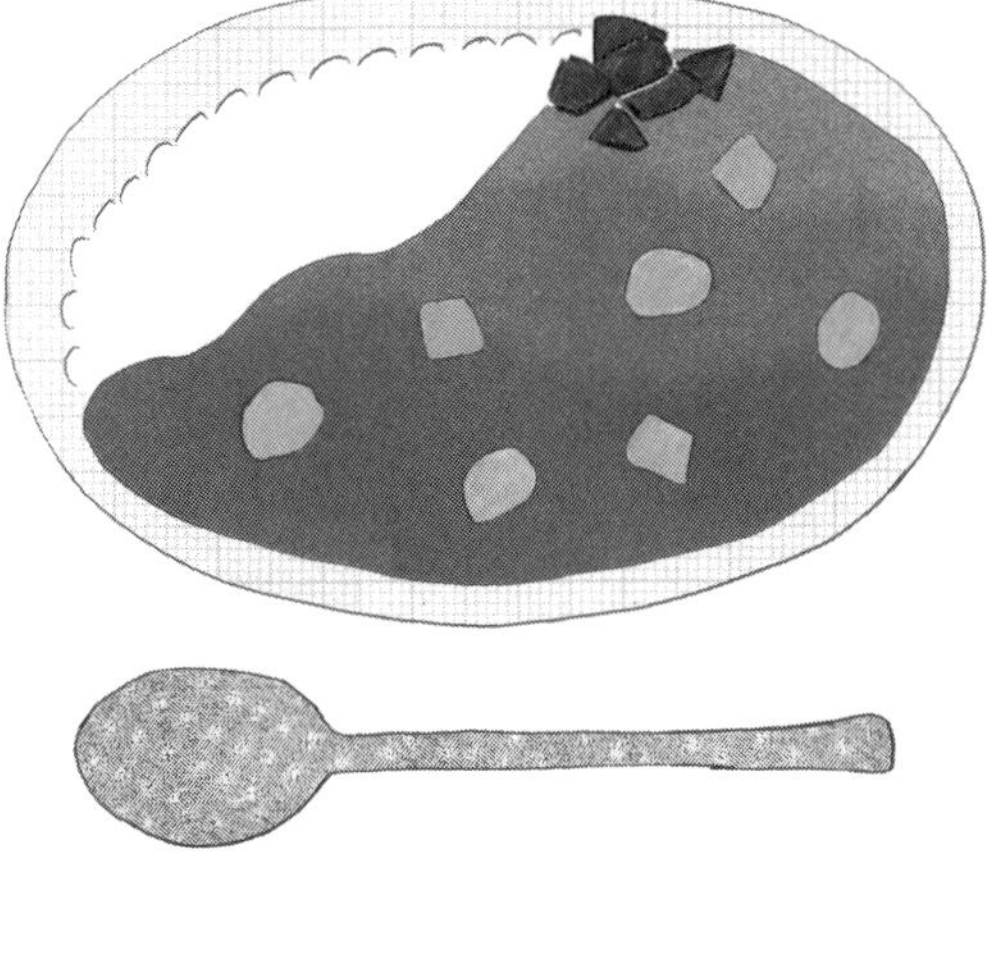

珊瑚さんがあっちに行ってしまって、半月が経《た》った。

今までなんとか二人で回していた店が一人になってしまって、私の生活はずいぶん変わった。まず朝出勤し、店を開ける。これは以前は珊瑚さんとほぼ日替わりで担当していたのだが、一人で毎日やらなくてはならない。

前日、レジを締めた時にすべて出し、家に持って帰ったお金……釣り銭用のお札や小銭を戻して、シャッターを開け、店の前に廉価な古本の本棚を並べる。午前中はネット販売している本の発送や、逆にネットで買い取った本の受け取りなど、細々とした仕事をしつつ、客の相手をする。ここにコーヒーを淹れるという仕事まで加わっている。喫茶コーナーを始めてから、朝のコーヒーをうちで飲んでくれる人が増えているし、テーブルに座られればその相手をしなければならない。

この時、まず珊瑚さんの不在を再確認する。二人でいればどうということもないことが重荷になっていた。

これまで私は接客が苦手だとか、苦痛だとか考えたことがなかったが、それは脇《わき》に珊瑚さんがいてくれたからこそだった。私たちは気がつかないうちにベテラン漫才師みたいになっていた。お客さんの話を受けて、ボケたり突っ込んだりしながら相手をしていたのだった。それを一人でこなさなければならない。

接客のために午前中の発送や受け取った荷物の整理が追いつかず、午後にもちこすこともある。

さらに、これまで、本の在庫がなくなって入荷が追いつかなくても、珊瑚さんが住んでいる高円寺の家に、大叔父の滋郎さんが買いためてくれていた本がどっさりあるからなんとかなってい
た。でも、今、それを持ってきてくれる珊瑚さんがいない。

昼は通勤時に買ってきたコンビニのおにぎりを頰張《ほおば》り、それだけで夜の八時まで休み時間なしで頑張る。

どんなに暇な店でも、一人で回すのはむずかしい。

この間は母芽衣子が改まった顔で、「大丈夫? あれは」と私に言った。

「何が?」

すると母は声をひそめて、「トイレよ、おトイレ。一人で店番じゃ、つらいでしょ?」とささやいた。

実はそれが地味に悩みの種だった。

これまでなら、「そんなの大丈夫、変なところに気をまわさないでよ」と突っぱねたところだが、自然と大きなため息が出てしまった。

母はそれで察したようだった。

「気をつけないと膀胱炎《ぼうこうえん》になるわよ」

「なんでそんなこと知ってるの?」

「ママも若い頃、デパートでアルバイトした時、接客してると行くのがむずかしくて……デパガには膀胱炎が多いってその時聞いたわ」

店の奥の部屋にトイレはあるものの、店を長時間空けるわけにはいかない。お客さんが五月雨《さみだれ》のように続くと泣きたくなる。

「……そういうこともあるね」

しぶしぶ、という雰囲気を出しながら認めると、母は静かにうなずいた。

もっと、「ほら見なさい。親戚同士で仕事をすることってむずかしいって言ったでしょ」とか、「この際だから珊瑚さんに店の権利をどうするのか、確認したら？」とか言われるかと思っていたので、拍子抜けしてしまった。

それからというもの、母は時々、学生の頃のようにお弁当を作り、水筒にお茶を入れて持たせてくれるようになった。

さらに父が、日曜日の午後、店にやって来たのには驚いた。

「ちょっと近くを通りかかったものだから」

そう言って、近江屋《おうみや》洋菓子店の包みを差し出した。

一緒にお茶を飲んで、フルーツタルトを食べた。父は非難めいたことは何も言わなかったが、「……トイレに行ってきたらどうだ？」と帰りにそっと促されたことで、両親が自分を心配してくれていることがわかった。

皆のおかげでなんとかやっている。

でも本当に、一番、私がショックを受けているのは、珊瑚さんがそういうことや私のことをまったく考慮せずに、行ってしまったことだ。

一度、「高円寺の家にある在庫を出せないので、少し困ってます」というような内容をＬＩＮＥに書いて送った。

すると返ってきた答えは「美希喜ちゃんに高円寺の家の鍵《かぎ》は預けてあったわよね？　お手数だけど、自由に入ってくれていいから、本を取ってきてくれる？」だけだった。

そういうことではないのだ、あなたはもうこの店に興味はないのか、ということが聞きたかったのだ。

それで私はまだ、高円寺の家に行けないでいる。

📖　📖　📖

藤丸《ふじまる》百貨店が閉店した、ということは東山さんからの電話はもちろん、友達からのメールや手紙、そして、ネットのニュースサイトから知っていたけど、実際目にするまで、あたしはどこか信じていなかった。

もしも、こちらに戻ることがなかったら、きっと一生、それを信じずに、人生を終わらせたに違いない。

しかし、こうしてそのビルが固くシャッターを下ろしているのを目にすると……。

「さんちゃん」

振り返ると、そこにはかずちゃんこと、山本和子《かずこ》さんが立っていた。

「さんちゃん、久しぶり！」

「本当に久しぶりねえ！　元気そうでよかった！」

かずちゃんとは小学校、中学校が一緒で、高校で彼女は商業高校に、あたしは普通高校に進学して別れてしまった。でもずっと仲のよい友達だ。彼女は今、帯広の郊外に息子夫婦と暮らしている。

二人で、子供のようにはしゃいだ後、しみじみともう一度、藤丸を振り返った。

「閉店したのって嘘《うそ》じゃないのね……」

「そうなの。とうとうね……」

藤丸百貨店はあたしたちの青春、ううん、人生そのもの、と言ってもいい。

子供の頃は、ここに来ることそのものが特別なお出かけだった。子供三人の五人家族だからそうさいさいはできなかったけど、記念日に食事をするのはデパートのレストランだった。その後、洋食屋やフレンチレストランが町中や郊外にできても、あたしはここのレストランの味が一番好きだった。

高校時代、校則では禁止されていたけど、土日にここの喫茶店に友人とこっそり来たこともある。初めてのデートもここだった。高校の先輩とコーヒーを飲んで、緊張してしまって、何も話せないまま終わった。

東京や札幌《さっぽろ》のブランドが最初に入るのも、藤丸と決まっていた。レストランも喫茶店も、洋服屋も宝石店も、高級生鮮食品も、なんでもここにそろっている。

四十年ちょっと前にこの新しいビルが建った時、なんて大きな、なんて立派な建物なんだろう、と本当にびっくりしたし、誇らしくもあった。

そして、近年は……両親を介護していた日々、どちらも優しい人だったし、友人たちやケアマネージャーさんたちもたくさん助けてくれたけど、やはり、どうしようもなく疲れたり、悲しくなったり、やりきれなくなった時、一人車を走らせるのもここだった。館内をあてどもなく歩き回ってきれいなものを眺め、最後は喫茶店でコーヒーを一杯飲むだけで、気持ちが晴れ、翌日からの活力になった。

「最後の日は大変だったのよ。人がいっぱい集まって大騒ぎだった」

「かずちゃんも来たの？」

「ううん、ニュースで観ただけだけど」

とはいえ、皆、どこかで覚悟はしていたはずだ。日本中、東京でもデパートが閉店や倒産している時代に、藤丸さんだっていつまでもやっていけるわけはないと……。

あたしだって、普段の買い物は近所の大型ショッピングセンターで済ますことも多かったのだから。

「じゃあ、六花亭《ろっかてい》に行きましょうか」

「そうね」

道外では北海道土産の銘菓店という印象が強いかもしれないが、地元の六花亭帯広本店は二階に喫茶コーナーがある。

「少し歩くけど」

「かまわないわ」

歩きながら、それでも諦《あきら》めきれないような気持ちで、あたしは話を続けた。

「帯広の藤丸ってただのデパートじゃなかったわよねえ」

すると、かずちゃんも深くうなずいた。

「そうよ、高級感あったわ。釧路《くしろ》の人も、ちょっといいものを買う時、昔はわざわざ帯広まで来るくらいだったもの」

「そうそう。ちょっと気取り屋の人はわざわざ札幌に行ったりしてたけどね。そんな必要ないわ、あたしたちには藤丸さんがあるもの、って」

「気取り屋の人ってあの人でしょう？　結城《ゆうき》君のお嫁さんの。いつも変な帽子をかぶってた」

かずちゃんは笑いながら、中学のクラスメートの妻の名前を出し、あたしの背を叩《たた》いた。

「あの人は仕方ないわ、もともと札幌の人だもの。札幌まで行かないと帯広じゃ洋服は買えないとか言って」

「帯広にだって、あの頃もほとんどのメーカーは入ってたのにね」

あははは、と二人でそろって笑った。

「あの人、どうしてるの？」

「もう、とっくに亡くなったわよ。結城君は施設に入ってる」

「あら……お葬式、行かなかったわ」

美人で気取っていて、時々、会うと「私はあなたたちとは違う」という空気を漂わせて、皆に煙たがられていたけど、そういう人も皆死ぬのだ。いや、彼女だって、故郷を離れてお嫁に来て、必死だったのかもしれない。気持ちを許せる人がここにはいなかったようでかわいそうだった、と懐かしく思い出した。

「でも、釧路の人だって、お歳暮やお中元は藤丸じゃなくちゃって、ここまで来てたくらいよ」

かずちゃんはまた話を戻す。

「そうそう。それでいうと、東京でいったら三越《みつこし》だわよ、藤丸さんは」

「高級感あったもの。贈り物は藤丸さんの包装紙に包んだものじゃないとねえ」

「十勝《とかち》で一番最初にエレベーターがついたのはあそこだったって、いつもうちの親が言ってたわ。皆、わざわざ乗りに来たんだって」

「で、あのビルはどうなるの?」

「今、別の店に再建できないか、いろいろ話し合っているらしいけど、結構、権利関係がごちゃごちゃしてて、めんどうみたいね」

「なるほど」

そんなことを話しているうちに、六花亭に着いた。

入口のところにケーキが並んだガラスケースと、有名なバターサンドをはじめとした焼き菓子の詰め合わせの箱がぎっしり並んでいる。

あたしたちはそれらを横目に、二階に上がった。すぐに四人掛けのテーブルに案内されて、向かい合わせに座る。

メニューを広げると、今風のふわふわのパンケーキや焼きたてのクロワッサンなどが並んでいるが、ここに来たら、昔ながらのケーキを食べないわけにはいかない。

「……昔は百円ケーキだったのにねえ」

写真を見ながら、かずちゃんがぶつぶつ言う。

そう、昔……つい二十年ほど前まで、六花亭の、北海道のミルクやバターをふんだんに使ったケーキは百円で有名だったのだ。しかも、お茶やコーヒーもただで出してくれて、皆、店先のソファに座ってケーキを頬張っていたのだった。

二十年も前の話、と言われそうだが、あたしたちにとってはほんの少し前にしか思えなかった。

「今でも、銀座のデパートで八百円のケーキなんて見ると、ぎょっとするもの」

あたしはひそひそとかずちゃんに話しかける。

「八百円なら、一家族分の値段よね?」

「そうそう、あの頃、東京に嫁いだ人が帰ってきて、東京じゃ五人家族でケーキを買ったら、三千円近くするからとても買えない。帯広なら五百円なのに、って……」

それでも、そのケーキは今でも二百七十円くらい、十分安い。

「あたしはショートケーキとコーヒーにするわ」

「さんちゃんはいつも、ショートねえ。わたしはチーズスフレにしよう」

時間をかけてメニューを選んで、やっと注文を終えた。

「で、どうしたの？」

店員が下がると、かずちゃんは待ち構えていたかのように尋ねた。

「どうしたのって……」

決してしらばっくれるわけではないが、あたしは尋ね返した。

「東山さんとのことよ。今、彼の家に住んでいるんでしょ」

その通りなのだが、改めて問われると、妙に生々しくてあたしは顔が熱くなった。

「一緒に住んでいるというようなことじゃないの。東山さんが怪我《けが》してご不自由だから、手伝っているだけ」

「だから、そういうことを一緒に住んでいるっていうんじゃないの」

普通に結婚して、子供が三人いて、孫も七人もいる、という人にはどうということもないのかもしれない。

「確かにそうね」

「東山さんからはどう言われているの？」

「どうって……」

静かな暮らしだ。

彼の家は帯広駅から車で十五分ほどの距離だが、近くに市立病院やショッピングモールもある一軒家だ。このあたりで「駅から何分」というのはあまり意味がないけれど。住みよい場所で広い庭があるのだが、雪かきが大変だとこぼしていた。奥様の生前は庭にバラやハーブを植えて楽しんでいたのに、今はその庭が負担になっているらしい。

かといって、これからマンションを探して引っ越すというのも少しおっくうだと言う。亡き奥様が庭作りが生き甲斐《がい》であったように、彼の方は大きな書庫がある。あの本を処分するのも移すのも大事なことだろう。

そういう事情というのは、お互いに詳しく話さなくても、かずちゃんにうっすら伝わっているはずだ。高齢になると、さまざまな問題が起きる。

あたしだって、今住んでいる高円寺の家は賃貸だから出てしまえばなんの責任もないけれど、帯広市内には一応、両親と住んでいたマンションがあり、荷物が残っている。

「さんちゃんと結婚したいと言っているの？　東山さんは？」

「結婚！」

驚いた声を上げてしまったけど、もちろん、その可能性を考えていなかったわけではない。でも、彼は何も言ってくれない。

少なくともこれまでは。

「そんなこと……」

あたしはごまかすために水を飲むふりをして顔を隠す。

「そうかしら？　私は逆に、そのくらいの覚悟というか、考えがなくちゃ、自分の家に女を呼んだりしたらいけないと思うわ」

かずちゃんは断固、という激しい口調で言う。

本当は、あたしの方が押しかけた、押しかけ女房……いや、押しかけ介護なのだけど、それは黙っておく。

「娘にだって、孫にだってそう言うわよ」

「あら、あたし、かずちゃんの孫にされちゃった」

「……ごめんなさい、そういうわけじゃないけど」

「光栄だわ」

「あははは。本当にごめん。でも、そのくらい心配してるってことよ。それに、歳をとった今だからこそ、結婚って大切よ。どちらかが病気になった時、死んだ時、本当に困るんだから。一緒に暮らしてても家族として扱われないし、看取《みと》っても遺産をまったくもらえなかったり」

そして、かずちゃんはあたしの顔をじっと見た。

「わたしには言いたくないのね?」

「ううん、そうじゃないの。まだ、そういう状況じゃないのよ。付き合い始めたと言っても一年くらいだし、東京と北海道と離れているでしょ?　テレビ電話はいつもしてるけど、それだけで……」

「わたしたち、若くないのよ?」

あまりにも当たり前なことを言うから、あたしは声を上げて笑ってしまった。

「笑い事じゃない」

「そうねえ」

「わたしのまわりでも、結婚する人はすぐするし、しない人は何年経ってもぜんぜんしないわよ。何事もタイミングなんだから」

まるで、自分たちが五十歳も若くなったような会話をしている、と思った。

「どうしたらいいのか、わからないの。それにねえ、東京にも家や店や、ビルのことがあるでしょ。古書店は小さいけど、一応、会社になってるしね」

「それは、あれでしょ？　ご親族の……美希喜ちゃんに任せて」

「そうだけどねえ」

どうしたらいいのかわからない。

「そうして、後回しにしているうちに……」

かずちゃんは口を濁したけど、彼女が言いたいことはよくわかる。

はっきり言ったら「人生が終わる」と言いたいのだろう。

あたしだって、それを考えたからこそ、ここに来たのだ。

「わたしだってそうよ」

「え？」

かずちゃんにも身の上に何かあるのかと改めて顔を見た。

「わたしだって、人生の最後はあなたや友達たちと迎えたいわよ」

「あらやだ。かずちゃんはまだ元気じゃないの」

また笑おうとして、彼女の顔を見たら、涙ぐんでいてびっくりした。

「寂しいわよ……一番の親友が遠くにいるのは」

「ごめんね」

そうだった、あたしにとってもかずちゃんは大切だし、かずちゃんもそうなのだ。

恋人だ、親族だというだけじゃない。親友も同じくらいの重さを占める問題だった。

「ほんの、二年くらい前まで、自分はこのままさんちゃんや鈴子さんたちと仲良く行き来しながら老いて死んでいくと思っていたのにねえ……」

あたしは答えがうまく出てこない。

「ごめんなさいね」

もう一度謝った。

あたしも多少の覚悟はして帰ってきた。でも、ここにきて、また、気持ちがぐらぐらしていて、かずちゃんを安心させられるようなことを言えないでいる自分がつらかった。

📖　📖　📖

朝から店番をしていると、建文さんが入ってきて、黙ったままレジ横の喫茶コーナーに座った。

薄手のコート、リュックにもなる通勤バッグ、という姿で出勤前に寄ってくれたというのがわかる。

彼が何も言わないので、私も何も言わないでいた。

「大丈夫ですか？」

しばらくして建文さんが尋ねてくれた。

「何が」

「珊瑚さんが行ってから……忙しいんですよね？」

「うん」

それには素直にうなずいた。

「お昼、食べに行きましょうよ」

「いつ？」

「今日」

「無理だよ。店番を替わってくれる人がいないから」

「いつも何食べてるんですか」

「おにぎり。コンビニか母の手作りの……今朝は買ってきた。だから大丈夫」

「それだけで朝から晩までここにいるんでしょう？　たまには外に出かけなくちゃ。忙しい時こそご飯はしっかり食べなくちゃ」

「だって、本当に誰もいないんだもの」

「沼田さんは？」

「もう、毎日のように頼んで、言いにくくなっちゃった」

沼田夫妻は二人とも優しいいし、嫌な顔一つせず、むしろ珊瑚さんのことを含めて心配してくれている。だけど、物事には限度というものがある。

「じゃあ、僕が必ず、誰か店番をしてくれる人を探してくるから、行きましょうよ」

「無理無理」

私はできるだけ、明るく見えるように軽く言って笑った。

「一応、うちの店だってお昼休みはかき入れ時なんだよ。近所の会社員の人たちが来てくれる時間だし……このすずらん通りだって平日、一番混む時間帯。私がいなくちゃいけないの」

「じゃあ、一時半。それが僕が会社からお昼に出られるぎりぎりの時間だから」

「だから、替わってくれる人がいないから無理だって」

少し腹を立てていた。だからさっきから説明しているでしょ、と言いたかった。

「交代の人は必ず、僕が用立てます」

「用立てます、ってお金やものじゃないんだから」

建文さんは立ち上がって、レジの中にいる私の真ん前に来た。じっと私の顔をのぞき込む。驚いて、少し後ずさってしまった。軽くふらついて、倒れそうになった。建文さんがとっさに腕をつかんでくれなかったら後ろにひっくり返っていたかもしれない。

「とにかく、信じて欲しい。あなたは少し休んだ方がいい。ゆっくりご飯食べて、ぼんやりして」

「そんな無理」

もう何度目かわからない、無理、を言った。

「じゃあ、僕がお昼までに誰か見つけて連れてきますから、そしたら、絶対に休んでくださいよ」

彼の手に力が入る。その温かさに、ついうなずいてしまった。

それに、自分が出かけたくないわけでもない、ということもわかっていた。私だって、少し休みたい。ずっとそう思っていたのだから。


午後一時半を数分過ぎても建文さんは来なかった。あんなふうに言ったけど、やっぱり誰も見つからなかったんだな、と諦めてバッグからコンビニのおにぎりを取り出そうとした時のことだ。がらっと表の引き戸が開いて、建文さんと……その後ろから見えたのは辻堂社長の姿だった。

「社長！」

建文さんと社長がお互い、気まずそうに入ってきた。

「……建文さん、よりにもよって、店番の替わりって、社長……？」

「すみません。他に見つからなくて」

私が小声でささやくと、社長がぐっと前に乗り出してきた。

「おいっ」

「あ、すみません」

「人をよけいものみたいに扱うな」

「そんな。逆に申し訳なくて……だいたい、社長、こういう店で働いたことあるんですか？」

思わず、尋ねてしまった。

「ないっ。だけど俺だって、滋郎さんが生きてた頃は、ここに朝から晩まで入り浸ってたし、滋郎さんに用があればちょっとの間、店を任されたこともあったんだから、大丈夫だよ。客が来たら本を薦めて、お金をもらったら釣りを渡してレジに入れておけばいいんだろ」

「まあ、そうですが……」

「大丈夫、大丈夫、行ってこい」

社長はさっさとレジの前に入って、私と位置を替わり、手を振った。

「本当に……？」

「だから、大丈夫だって、言ってんだろ！」

「じゃあ……」

私は急いで春物のコートに腕を通しながら、「レジの鍵はここにありますから、もし間違えて閉まっちゃった時は、このエンターキーを押すか、鍵で開けて……あと、もしかしたら、地方から荷物が届くかもしれないんで受け取っておいてください。それから、お客さんに無理に本を薦めなくてもいいですから……」と説明した。

「あと、何かあったら、沼田さんか美波さんに聞いて……もちろん、私に電話してくれてもいいですし」

「だから、わかっとるわい！　それから、花村！　昼休みは一時間以上取らないと規則違反だからな。二時半より前に帰ってきたら……左遷するからな！」

「左遷する場所ないのに……」

「いいから。うるさいぞ」

あまり心配するのも失礼かと思い、後ろ髪を引かれながら二人でそろって店を出た。

「本当にすみません」

建文さんが小さくなって謝る。

「今日はたまたま、皆、お昼時に外に出る予定が重なってて……いろんな人に声をかけてるうちに社長に聞こえちゃったみたいで、『俺が行く、美希喜ちゃんは休ませなきゃいけないと思ってたんだ』って言い張って……」

「そうだったんですか」

「なんだか、珊瑚さんが北海道に行ってしまったの、社長も妙に気にされてるみたいです。何かあったのかな？」

建文さんは首を傾げる。

「やっぱり、寂しいのかな、同世代だから」

そんなことを話していたら、靖国《やすくに》通りまで出てしまった。

「今日はどこに行くの？」

社長がああ言ってくれているとはいえ、あまり遅くはなれない。遠くに行くつもりなら困るな、と思いながら尋ねた。

「新世界菜館《しんせかいさいかん》です」

「ああ、あそこ」

深い意味はないけど、どこか拍子抜けした気分で答えた。

神保町には中華料理店がたくさんある。戦前、中国からたくさんの留学生が来ていたなごりらしい。どこも古くからある名店だ。だけど、逆に、いつもそこにある存在という感じで、特別謂《い》われがない限り、注目したことがない。

「行ったことありますか？」

「考えてみたら、意外だけどない。源来酒家《げんらいしゅか》や北京亭《ペキンてい》、揚子江《ようすこう》菜館はあるんだけどね……」

「あんまりにもメジャーすぎて逆に行ってないってことありますよね」

「本当に、そんな感じ」

というような会話をしていたら、あっという間に店の前まで来た。

「いろいろランチメニューがあるんだね」

私は店の外に出ているカラーのメニュー表を見ながら言った。

「中華のメニューはなんでもありますよね、さあ入りましょう」

建文さんが店員さんに指を突き出して「二人です」と言うと「二階にどうぞ」と言われた。

上がっていくと、四人掛けのテーブルがいくつもあり、その一つ一つがパーティションで区切られている。そのテーブルがどれも大きくゆったりとしている。中華料理はたくさん皿が並ぶからだろうが、老舗の余裕を感じた。最近、神保町に出店した店ではこうはいかない。

「ね、なかなか居やすい店でしょ」

私の気持ちを読んだように、建文さんが言った。

「本当、さすがね」

彼はメニューを広げてくれた。

「何にしようかなあ」

「おすすめメニュー」と書かれた紙には春キャベツそば、四川《しせん》風麻辣麵《マーラーめん》、かきラーメン、黄ニラそばなど、目を引く麵類が並んでいる。それとは別に、四角く囲われて、「中華風カレーライス」という表記もあり、排骨《パイコー》カレーやカツカレーなどの文字も見える。

「カレーなんてあるのねえ」

するとすかさず、建文さんが「もし、絶対に食べたい、というものがなければ『今週の定食』がお勧めです」ともう一枚のメニューを見せてくれた。

定食は、牛肉のオイスターソース炒め、高菜と干豆腐のピリ辛煮、あきたこまちのご飯、中華スープ、サラダ、杏仁豆腐、という盛りだくさんの献立である。しかも、値段は麵類と変わらない。

「あら、これ、お得ねえ」

「でしょう。味もいいんですよ」

「じゃあ、これにしよう」

「で、これ、百十円足すと、ご飯をカレーライスに替えられるんですよ」

「え、すごく惹《ひ》かれるけど、そんなに食べられるかなあ」

「大丈夫」

彼は店員さんを呼ぶと、定食とビールの中瓶を一本、グラスを二つ、そして、ご飯はカレーにして、と半ば強引に頼んでしまった。

「ビールなんて……」

「大丈夫、ちょっと飲みましょうよ。どうせ、最近、どこにも行ってないんでしょ」

珊瑚さんが北海道に行ってから、アルコール類はほとんど飲んでいなかった。

閉店後は疲れてしまって真《ま》っ直《す》ぐ帰るし、昼間はもちろん飲んだりできない。珊瑚さんがいた時は、店を閉めてから二人で、結構、ご飯を食べたり飲んだりしていたのだった。それもまったくなくなってしまった。

「お疲れ様」

「まだ午後も働かなくちゃいけないけどね」

憎まれ口を叩きながら、私はぐっとビールを空けた。

「ああ、おいしい」

自然に声が出た。

運ばれてきた定食は、黒いトレーいっぱいにおかずが並んでいる。

「いただきます」

お互いに言い合いながら、箸を取った。

まずは牛肉のオイスターソース炒めを一口。こちらは厚みあるスライスの牛肉に、玉ねぎ、ししとう、舞茸《まいたけ》などの野菜が炒め合わせてある。牛肉には片栗粉がまとわせてあり、野菜は下揚げしてあった。そのへんの下処理が丁寧にしてある、ちゃんとした中華料理の味がした。

「これこそ、お店で食べるべき料理って感じね。高熱調理は家ではできないもの」

「でしょう」

牛肉は柔らかくて量もたっぷり入っており、本当にお値打ちだった。

「この値段で本格的な中華料理が食べられるのね。今度また来よう」

炒め物や煮物でビールを飲んだ後、カレーライスに手をつけた。小ぶりなどんぶりにカレーとご飯が盛ってあるのも、どこか嬉しい。銀のスプーンで一口いただく。

「あ、うま」

いわゆる家庭風のカレーで、黄色くとろりとしている。具はじゃがいも、にんじん、玉ねぎとシンプルだ。だけど、ぴりっと辛いし、味に深みがある。

「中華のカレーもなかなかでしょう?」

「なんだろう、普通のカレーに見えて、普通じゃないですね」

「ここのカレーは出汁に中華のスープを使ってるらしいです」

「だから、味にコクがあるのか……」

「ね、食べてみてよかったでしょ」

「確かに、カレーに替えてよかった」

うなずきながら、またビールも一口。カレーの甘辛い味を爽やかに流してくれる。

建文さんはスプーンを使いながら言った。

「僕ね、人生は中華屋のカレーみたいな感じでいいんじゃないかと思う」

「え？」

さすがに意味がわからなくて、聞き流せなかった。

「主流じゃないけど、絶対的においしくて、いつでも食べられて……なんとなく、人に軽んじられるけど、でもファンは確実にいる」

私は顔が真横になるくらい頭を激しくひねった。

「よくわからない。何事にも中庸に、ってこと？」

「まあ、そういうことでもいいですが……」

「私は中華屋の炒めものでありたい」

牛肉のオイスターソース炒めを指さしながら言った。

「どういうことですか？」

「一見、地味で目立たず、誰もが普通に食べてしまうけど、本当は一つ一つに丁寧な仕事がしてある。誰かが手間や技術をかけた下処理の集合体で、プロの技なのに、でもひっそりとそこにある」

「なるほど」

「そういう人に私はなりたい」

「宮沢賢治《みやざわけんじ》かよ……まあ、よかった、少し元気になって」

建文さんは笑った。

📖 📖 📖

東山さんとの生活は静かなものだった。

朝起きて、私の手作りの朝食を食べ、愛犬チロさんとの散歩に行く。

手首を怪我してから、チロさんのリードを持つのも大変だったらしい。今はあたしがリードを持ち、二人で話しながら歩く。この時間が何より楽しい。これだけでも来た甲斐があったと思えたし、帰京が遅くなっている理由でもあった。

あたしがいなくなったら、この紐《ひも》は誰が持つんだろう……。

チロさんは散歩が大好きだ。あたしたちが起きた時から、嬉しそうにあたりを跳ね回っている。

「そろそろですか⁉　そろそろ行くんですか⁉　もう行くんでしょう⁉　早く家を出ないと春が終わってしまいますよ！」

彼女が口を利けたら、そんなふうに言っているのではないだろうか。落ち着きのない姿を見て、二人で笑うのも楽しい。

午後は買い物に行ったり、あたしの運転で帯広市の郊外をあてどもなくドライブして、美しい風景を見たりもする。一日中書庫にこもって本を読み耽《ふけ》ることも。

いつまでいよう、来週には今後のことを考えなくては、来月になったら話し合おう、そんなふうに考えながら毎日が過ぎていく。

静かだけど、豊かで楽しい毎日。

でも。

ここにいつまでいるのか、あたしにもよくわからない。

📖　📖　📖

「お約束した本、結局、届けられませんでしたね」

建文さんが私の横でぽつりとつぶやいた。

あれから彼は、朝、出勤前に必ず来てくれるようになった。コーヒーを二杯注文し「一杯は美希喜ちゃんに」と渡してくれて、一緒に飲みながら話をするというのが定番だった。コーヒー二杯というのが、なんだか、女性がいる飲み屋で「あたしもいただいていいかしら」と言って飲む時みたいだ、と思った。

「美希喜ちゃん、そんな店、知ってるんですか⁉」

彼は驚くが、そんな子供じゃない。

「そりゃ、私だってバーくらい行きますし。文壇バーやなんかだって、ママも一杯どう？　ってお客さんが聞くことあるじゃないですか。小説にも出てくるし……確か、永井荷風《ながいかふう》の小説の中にもカフェーの女給さんに飲み物を勧めるシーンがあったはずですよ」

「永井荷風が出てきたら、なんも言えません」

そんなことを話しながら飲むコーヒーは気持ちを慰めてくれた。自分で淹れたものだけど。

彼がつぶやいたのは、そういうコーヒータイムの時だった。

「約束した本？」

何のことかわからなくて、聞き返す。

「ほら、前に澤口《さわぐち》書店の二階に欲しい本があるって……これから時々プレゼントするって約束したのに」

「ああ、あれか」

澤口書店は神保町の靖国通りにある、大きな古書店だ。二店舗が数軒の古書店を挟んで並んでいる。その二階に貴重な初版本や高価な江戸時代の本など、博物館に飾ってあってもおかしくない稀少本《きしょうぼん》が置いてあって、時々訪ねるのが私の楽しみになっていた。

以前、ため息をつきながらそこから降りてきたのを建文さんに見つかってしまい、実は欲しい本があると告白してから、彼は私が欲しい本を当てると言い出した。

最初に買ってくれたのが『落穂拾ひ』、そして次に買ってくれたのが……。

「太宰治の『人間失格』の初版本、普通に嬉しかったけどね……高かったでしょ」

「あれはボーナスをはたきました……でも違うんですよね」

「まあねえ」

「すみません、あれで終わってしまって」

「仕方ないよ」

なぜならその後、澤口書店の二階は閉鎖されてしまったからだ。今では残念ながら上がることができない。

「あれだけ貴重な本を普通に客が手に取れるところに出していたのが、逆に不思議だったよね」

「そうですね……で、その代わりと言っちゃなんですが」

もぞもぞしながら、彼は通勤バッグから一冊の本を出した。

「何……？　『更級《さらしな》日記』？　ありがとう……」

たぶん、どんな本を出されるより戸惑ったかもしれない。

『更級日記』は大学時代に卒論で取り上げているし、その後、大学院でも、菅原孝標女《すがわらのたかすえのむすめ》が書いたという説もある『夜半《よわ》の寝覚《ねざめ》』についてレポートを書いたから、私が最も読んできた古典の一つだ。そして、もちろん、この書店にも何冊か置いてある。

「いや、前に美希喜ちゃんが『更級日記』を研究したって聞いて、じゃあ、その研究書の一番古いやつ、絶対、読みたかったり欲しかったりするんじゃないかと思ったんだけど、実際、買いに行ったらどれがどれだかわからなくて……」

「たぶん、一番古い研究書は明治時代のものだし、そんな簡単に買えないと思う。大学の図書館の閉架図書か国会図書館に行かないとないし、あったとしても簡単には見せてもらえないよ……

で、これ？」

そこにあるのは、一番廉価版と言ってもいい、文庫の『更級日記』だった。

「ん、まあ……すんません」

建文さんはもじもじした。

「探しているうちに、なんだか、わけがわからなくなっちゃって。迷ったあげくに……とにかく、一番手近にあったやつを買いました」

「なるほど……いや、嬉しいよ、ありがとう」

面食らったものの、話を聞けばお礼を言わないわけにはいかない。まだ、約束を憶《おぼ》えてくれていたのも悪い気はしない。

「それじゃ、そろそろ、仕事に行きます……」

彼はひょこひょこ、頭を下げながら出て行った。

「ありがとうございます。仕事頑張ってね！」

ちょっと大きめの声を出して、手を振った。だけど、声とは裏腹に、彼が引き戸を閉めたとたん、小さくため息が出た。

また、一日が始まる。

ひとりぼっちで店番する、長い長い一日が。

私は昨日、自分が書いた日報を見ながら売れた本の代わりに適当な本を補充した。同じ本があれば一番いいのだけど、古本ではそう簡単にはいかない。

仕事を終えて、レジ前に戻ると、建文さんからもらった『更級日記』の文庫本が置いてあった。いくらたくさんある文庫本とは言っても、人にもらったら店で売ったりはできない。

座りながら手に取って広げる。考えてみると、こういうタイプの……文庫本で古典を読むことはあまりなかった。特に『更級日記』を読む時は研究としてだから、いつも全集の中の一冊、小学館や岩波書店のものを読んでいた。

「……これはこれで読みやすいよなあ」

自然に手が本を開いていた。

――あづま路の道の果てよりも、なほ奥つ方に生ひ出《い》でたる人、いかばかりかはあやしかりけむを、いかに思ひ始めけることにか、世の中に物語といふもののあんなるを、いかで見ばやと思ひつつ……

東海道の果ての国、常陸《ひたち》よりももっと奥の方（上総《かずさ》国）に生い育った人、そんな私はどんなにか田舎《いなか》びていたことだろうに、いったいどういう料簡《りようけん》を起こしたものか、「世の中に物語というものがあるそうだが、どうかしてそれを読みたいものだ」としきりに思って……

誰もが知っている有名な冒頭文だよなあ、いったい、なんで建文さんは急にこんなものを持ってきたのだろう、と正直少々呆《あき》れながら読み出した。でも、古文としてもわかりやすく簡易なものだから、つい、そのまま読み進めてしまった。

等身大の薬師仏《やくしぼとけ》を造って、手を洗い清めたりして、誰も見ていない時にこっそり仏間に入っては（中略）都にたくさんあると申します物語をありったけ見せてくださいませと、一心不乱にぬかずいてお祈り……

作者の菅原孝標女が上京したのが十三歳、数えだったらもう少し若いから、こうやってお祈りしていたのは十かそこらの歳だろうと思う。昔はなんとなく読み飛ばしていたけれど、この等身大の「薬師仏」というのはどうやって造ったのだろう？　という疑問が頭をもたげた。もちろん、田舎といえども貴族のお嬢さんが木を切ってきて彫り上げたとは思えないから、誰かに頼んで用意させたのだろうけど、密《ひそ》かにお祈りしていたということは、そう大仰にはできなかったに違いない。この仏像を用意したのは誰なのだろうか。両親か、それとも使用人の一人なのだろうか。小学生くらいの子供の等身大なら百センチから百二十センチくらいは最低でもありそうだ。

それにしても、物語の本は用意できなくても、でかい仏像は子供でも作れるんだなあ……贅沢《ぜいたく》なのか、貧しいのかよくわからないなあ、などとつい考えてしまう。やはり、彼女は豊かなお嬢様だった。

さらに進めると、京都に向かう孝標女の一行が武蔵《むさし》の国にさしかかった頃、竹芝寺《たけしばでら》というところで、その土地にまつわる、帝《みかど》の姫君と火焚屋《ひたきや》で働く衛士《えじ》の男の駆け落ち物語とでもいうべき話を聞くシーンとなった。

男が働きながら「私の故郷にはいくつもの酒を仕込んだ酒壺《さかつぼ》があって、そこにさしかけられているひさごが風が吹くたびに東へ西へとなびく。そんなのどかな風景も見ずにどうしてこんなつらい勤めをしているのだろう」と嘆く。それを聞いた帝の姫君が「私をそこに連れて行って」と頼んで逃避行する、というストーリーだ。

これって本当の話なのだろうか。

内親王が田舎育ちで下働きの男と逃げるとは、あまりにもドラマチックな話でにわかに信じられない。

となると、この話自体、孝標女の嘘、日記に旅情を加えるための仕掛けなのだろうか。

同じように男が姫を奪って逃げるという物語は『伊勢《いせ》物語』や『大和《やまと》物語』にあるから、こういった話は昔からあるのだろうが……もしかしたら、孝標女が嘘をついたのではなく、竹芝寺にいた人が嘘をつき、それを彼女が憶えていて書いたのだろうか。

しかし、確か、『大和物語』の安積山《あさかやま》の説話は、男が女を拉致《らち》したといってもいいような連れ去り方で最後は悲劇に終わり、全体に暗かった。『更級日記』のこの話は、女性である姫の方が主体的に男を誘うし、二人は添い遂げる。

「『伊勢物語』と『大和物語』も読み直さないとな……」

思わず、独り言をつぶやいて、手帖にメモした。

はっとする。

子供の頃から何度も何度も読んだつもりになっていた『更級日記』だけど、ここに注目したことはなかった。

私が卒論で取り上げたのは孝標女と彼女が宮中で出会った男、源資通《みなもとのすけみち》についてで、二人がどんな出会いをしたのか、どんな和歌を交わしたのかだとか、本当の仲はどうだったんだろうか、とそればかり考えていた。じっくり読んだつもりだったが、冒頭部分は読み飛ばしていたのだ。

しかし、今、読んでみるとむしろここに、彼女の気持ちや精神が出ているのかもしれない。

その後、彼女たちは上京し、念願の『源氏物語』をはじめとした物語を読み耽る日々がやってくる。

后《きさき》のくらいもなににかはせむ、という『更級日記』の中で最も有名とも言える一節がここで出てくるのだ。

私は本を閉じてぼんやりと考えた。

孝標女は意外と、身分や地位を気にせず、自分の思いを大切にしようと考えていた人なのかもしれない。身分の高い源資通と知り合って、源氏物語の登場人物のような恋をした、ということばかりに私は気を取られていた。

同じ小説や古典でも、歳を重ねると別の部分が気になってくるというのは本当なのだ。

今後の人生で、こういうことはどれだけたくさんあるのだろうか。

私はそれを一番語りたい相手を考え、その人は今、ここにはおらず、遠い北海道にいると思うと、悲しい気持ちになった。

その時、店の引き戸がガラリと開いた。

「いらっしゃいませ」

顔を上げると、それは相変わらず、黒ずくめの衣装を着ている奏人だった。

「こんにちは」

私はちょっと嬉しくなった。今、本について話すのは、珊瑚さんを除いたら、一番楽しい人の一人かもしれないから。

案の定、彼は私が読んでいる本を見て、今更『更級日記』ですか、などと「いじって」きたので、自分が考えていたことを説明した。

すると、彼はその感想には何も答えず、ぽつんと「雇ってくれない？」と言った。

「え？」

「おれを雇ってくれませんか」

「は？」

「嫌なら、いいけど……」

彼の本意を図りかねて、その瞳をじっと見つめた。

「小説家として本格的にスタートするにあたって、安定した収入が必要だとわかった。しかも、自由に働かせてくれる場所ならなおいい」

自由に働かせてくれる、ってなんで自分で決めてるんだよ、と内心思いつつ、確かに彼の申し出はありがたくて、私は考え込んでしまった。

その日は、東山さんが「カレーが食べたい」と言い出した。

もちろん、家で作ることもあるが、帯広の人がカレーを食べると言ったら、インデアンだ。十勝を中心に展開しているカレーのチェーン店だ。

あたしが運転し、国道沿いの路面店を選んだ。

東山さんは辛口のカツカレーを、あたしは中辛のカレーにチーズをトッピングしてもらうことにした。

「おいしいですね」

一口頬張って、あたしは思わず言った。

この味だけは東京にはないものだ。

東山さんは黙って微笑み返しただけ。でも、それだけで十分だった。

彼はペロリとカツカレーを平らげたが、あたしは少し残してしまった。張り切って、大盛にしたからだ。すると、彼は黙って、あたしの皿を引き寄せ、残ったチーズカレーを食べてしまった。

それを見ていて、ふと以前のことを思い出した。

兄が亡くなる前、両親が相次いで死んで、あたしはしばらく一人暮らしをしていた。介護の仕事をしていて、友達もいたけど、この店に来る時はだいたい一人だった。

一人でカレーを食べて、一人で帰った。

「こうやって一緒にご飯を食べられるのっていいですね。昔は一人で食べてたけど」

まだスプーンを使っていた彼は顔を上げてうなずいた。何か言いたそうに口を開き……でもそれは声にならずに、終わった。

「なんですか?」

焦《じれ》ったくて聞き返したけど、彼は「いいえ、なんでもありません」と言って、また、下を向いた。

彼が飲み込んだ言葉を聞きたい気持ちはあったけど、自分が願っているようなことかどうかもわからない。彼から都合の良い言葉だけを聞きたいと思っている自分を浅ましくも思う。

📖 📖 📖

珊瑚さんが北海道に行ってから三週間、建文さんと話したり、時間も経ったりして、やっと珊瑚さんの高円寺の家に行く気になった。

もちろん、そろそろ古本の在庫を出さなくてはならないということは考えていたのだが、それ以上に母からの助言もあった。

数日前の朝食の時、母が急に改まって言った。

「珊瑚さんの家に美希喜が行って来たらいいんじゃないかしら」

「いつかは在庫を持ってこなくちゃいけないし、珊瑚さんにも了承を取っているけど、人の家にずかずか入るの、ちょっと抵抗がある」

「そういうことじゃないのよ」

母は首を振る。

「いつまでも空き家を閉めきっているわけにはいかないでしょ。最近、ちょっと気温も上がってきたし……」

「確かに」

「滋郎さんが亡くなった時は、私と珊瑚さんで一緒に家に行ったのよね」

「そうだったね」

あの時は母が行ってくれたのだった。

「そんなに抵抗があるなら、とにかく、部屋に行って窓やドアを開けて空気の入れ換えをしてきたらどうかしら。あと、水回りをチェックして……」

「なるほどね」

そこまで言われて、次の定休日に一人で訪れることにした。

珊瑚さんにももちろん、許諾を得るための連絡をした。


——あら、まだ行ってなかったの？　もちろん、気にしないで行ってきてちょうだい。

どこか、他人事《ひとごと》のようにも、上の空のようにも感じた。

行くとなったら欲も出てきた。在庫を確認して何冊かは運んできたい。

一応、持てる分の本を運べるようにスーツケースを持った。さらに、その中に折りたたんだ段ボール箱も入れた。持てない分の本はそれに詰めて近くのコンビニから直接店に送ってもいい。


滋郎さんの家……今は珊瑚さんの家にはお昼前に着いた。

高円寺駅から結構歩いた。珊瑚さんは毎日、ここを歩いて来ているのだと考えながらスーツケースを引いた。

古い家だと聞いていたけど、本当にそうだった。築五十年は超えている木造家屋だ。玄関の前にほんの少しだけ庭があるが、殺風景なくらい何も置いていない。

珊瑚さんから預かった鍵を差し込んでドアを開けた。

桜が散ったばかりでまだ春だが、ここ数日蒸し暑い日が続いていたので、嫌な臭いがこもっていたりしたら困るなと思っていたけど、そんなことはなくほっとする。

母から、滋郎さんが亡くなったあとも、部屋はきれいだったと聞いていたことを思い出した。

ドアを開けると、玄関と靴箱があってその奥がすぐに居間と台所になっていた。本棚とダンボール箱が置いてある居間の奥に六畳ほどの和室があったが、そこの壁にもびっしりと本棚が並び、部屋の真ん中には段ボール箱が積み上げられていた。ここが店の倉庫になっているらしい。二階にも部屋があって、そこにも本が置いてある、と聞いていた。

母に言われた通り、台所にある曇りガラスの窓を開け、空気を入れ換えた。

あまりじろじろ見ないようにしていても、部屋の様子が嫌でも目に入ってくる。

居間にはちゃぶ台のような脚の低いテーブルが置いてあって、きれいに拭《ふ》き清められている。

台所のシンクにも食器などはなく、ただ一つ、水切りにグラスが伏せて置いてあった。朝使ったのだろう。

部屋にガラスの花瓶はあったが、花などは入っていなかった。

滋郎おじさんの部屋ならわかるが、女性の部屋としてはずいぶん殺風景だと思った。花はいつも飾っていないのか。それとも今はやめていたのか。

テーブルの脇に竹製のくずかごが置いてあった。そこにも何も入っていなかった。

部屋にたたずんでいると、自然に珊瑚さんの「生活」をのぞいてしまいそうになる自分に気がついて、私は本棚が並んだ奥の和室に入った。

一階の倉庫と二階を見て、必要な本をもらっていこう。

滋郎さんの在庫については何度か話を聞いていた。

「とにかく量が多いし、無頓着に並べてあって、本当に困るの。二階なんて下手したらこのまま床が抜けるんじゃないかと思うくらい。できるだけ一階の本を片付けて、少しずつ二階から移しているの。それだけでも大変よ」

そんなふうに笑っていたっけ。

だけど、ここに住む一年あまりで、珊瑚さんもちゃんと片付けてくれていたらしい。

棚には「料理」「映画」「文学」「評論」「小説」「随筆」などと書かれた紙が貼《は》り付けてあって、ちゃんと分類されている。珊瑚さんの字であることは明らかだった。

段ボール箱はもっと混沌《こんとん》としていたが、箱の上にやはり「女性誌」「男性誌」「文芸誌」「映画パンフレット」などの字があった。

「助かった……」

つい独り言が出てしまう。これなら、持って帰る本もすぐに探せるだろう。

段ボール箱の字を見て、ふと、引っ越しみたいだと笑ってしまって、すぐに真顔になった。

部屋の中を見回す。

このきれいな、いや、きれいすぎてそっけないほどの部屋は何を意味しているんだろうか。

私は二階に駆け上がった。もう、遠慮も何もしていられない。

二階は二間に分かれている。

一部屋が寝室らしく、小ぶりのベッドと机、木製の引き出しがあった。丁寧にベッドメイキングされ、机の上には本が数冊とレターセットが置いてあるだけだった。

隣の部屋にはやはり彼女の言葉の通り、本棚と段ボール箱が並んでいる。だけど、店で売ってきたからか、一階に比べるとびっしり詰まっている、という感じではない。すかすかになっている棚もあった。

心の中で珊瑚さんに謝りながら、引き出しを開けてはっとした。

中身が半分しか詰められていない。

あの日……珊瑚さんが北海道に行ってしまった日。

私は少し前からイベントの準備でバタバタしていて、珊瑚さんが何を考えているか、推し量ろうともしなかった。

だけど、ずっと帰郷を準備していたのかもしれない。

衝動的に出て行ってしまったように思っていたけど、本当は覚悟の家出だったのだろうか。いや、もちろん、洋服や下着の数が少なくて、もともとこんなものだったのかもしれないけど……。

もしかしたら、もう珊瑚さんは東京に帰ってこないのかもしれないな。

そんなふうに考え、また、人の部屋をのぞき見している自分の浅ましさが急に恥ずかしくなって、私はしおしおと一階に降りた。もうお目当ての本だけ探して、家に帰ろうと思った。

分類されている本棚の前に立つ。

料理、映画、文学、評論、小説、随筆などから適当に本を引き出してスーツケースに詰める。

落ち込んでいても、文学評論の棚はおもしろく、興味深いものがたくさんある。とはいえ、どんどん売れる分野でもないから、ほどほどにしなければならない。

料理の本は当然、珊瑚さんの方が造詣《ぞうけい》が深く、彼女がいた頃は人気分野の一つだったが、最近はあまり売れていない。珊瑚さんの上手なセールストークがなければ、そこにあるのは古臭い料理本でしかないのだ。

でも棚が空いていないわけではないから、何冊かは持って帰らないわけにはいかない。

一番手前に、京料理の本があった。

『京都「木津川《きづがわ》」のおひるご飯』と書かれていて、表紙の野菜の絵も墨絵風で美しい。京都のお昼ご飯ということは、おばんざい料理なのか、いかにも人気の出そうな本だ。最近は、おばんざいはとても人気があるのだから。すぐに売れそうなのに、どうして、珊瑚さんはこれまで持ってきてくれなかったのだろう……そう思って中を開けた。とたん、ひらり、と足元に紙が落ちて、私は珊瑚さんがこれを店に持ってこなかった理由がわかった。


「それで、わざわざお持ちくださったんですね」

私は初めて会う、佐倉井大我さんの前に座っていた。

「すみません、突然」

自分から押しかけておいて、こうして向かい合わせになると気が引けた。

珊瑚さんから、彼のことは逐一聞いていた。戸越銀座のお惣菜屋《そうざいや》さんに勤めていること、爽やかな男前なこと、誠実な人柄なこと……。

『京都「木津川」のおひるご飯』の本には「これは佐倉井大我君に」と丁寧な字で書かれた紙がはさまっていた。妙に強く心を動かされて、すぐに彼に渡したくなったのだった。

たぶん、自分が以前、「鷹島美希喜様へ」と書かれた額をもらって心が決まったことがあったから……。

でもこうして来てしまうと、なんだか、自分が大袈裟《おおげさ》なことをしてしまったような気がしてきた。

「……お忙しいところ、すみません」

さくら、という名前の店で男前、というだけで彼はすぐに探し出せた。私が店の前に立って、「あの……佐倉井大我さん、いらっしゃいますか？」と尋ねると、お店の人たちが皆、一様に私の顔を見て、彼を呼んで来てくれた。名前を言うと、彼はすぐに察して、私を駅前の喫茶店へ連れ出してくれた。

「……珊瑚さんたちとも、ここで話をしたんですよ」

「ああ、そうだったのですか」

彼が、滋郎さんの恋人だったということがわかって、珊瑚さんと東山さんがここを訪ねたということも聞いていた。

私は彼にわけを話して、本を渡した。

彼は本をじっと見て、そして、本を開いて、滋郎さんの字をさらに見つめた。

「すみません。大袈裟なことになってしまって。お送りすればよかった」

「いや、これはありがたいです」

本はA5判サイズで、季節ごとの京都の定番のおかずが並んでいる。写真も献立になって写っていて、地味だけどおいしそうなものばかりだった。

「きっと、珊瑚さんは本を整理していて見つけたんでしょうね。佐倉井さんにお渡ししようとして置いておいたんだと思います。でも、北海道に行ってしまって渡せなかったんだと」

「京都の生きた、本当に家庭で作られるお惣菜ですよね。いいなあ。とても嬉しい。何より、滋郎さんが僕のことを考えてくれていたのがわかるのが嬉しいです」

「よかった……」

「新しい、店のメニューにします」

彼は本を押しいただくようにして、顔を上げた。

「お礼の言いようもありません。本当にありがとう」

「そんな」

やっと、気持ちのつかえが取れた気がした。

「珊瑚さんは今、北海道に帰っているのですか」

「それが……」

適当に答えることもできたのだが、彼の澄んだ瞳にのぞき込まれたらつい、話してしまった。

珊瑚さんが出て行ってしまってそろそろ一ヶ月近くになること。そして、今日、家に行ってみたら、ある程度の荷物を持って行ったかもしれないとわかったこと……。

「……もしかしたら、しばらく……帰ってこないかもしれません。わからないけど」

「聞いてみましょ」

「え」

彼は優しく微笑んでいた。

「珊瑚さんにちゃんと聞いてみましょ？　知りたいんじゃないですか、美希喜さんは」

「でも」

「でも、なんですか」

「前にもそう勧めてくれた人がいたんですけど、すぐに聞かなかったら、なんか言い出しにくくなってしまって。答えを聞くのも怖いんです。それに、珊瑚さん、私に話すつもりなら、ちゃんと話してくれると思う。それを待っても遅くないと思うんです」

「わかりませんよ。迷っているのかもしれないし」

「だったら、なお、待ってあげたいと思うんです。あと、実は、今、『鷹島古書店』に雇って欲しいと言ってくれてる人がいて」

私は奏人のことを思い浮かべながら言った。

「なるほど」

「来てもらったらすごく楽になるし、ありがたいと思うんですが、でも、それを相談したら、珊瑚さん、もう戻ってこないような気もして」

「美希喜さんの気持ちを伝えておくのも大切じゃないですか？　珊瑚さんが迷っているなら、何か考えが変わるかもしれませんしね」

「変わるかな？　どうかな？」

「とにかく、言いたいことは言っておいた方がいい。あとで後悔しても遅いですよ」

「後悔？」

「おれも思うんです。もう少し、滋郎さんにいろいろ話しておいた方がよかったかなあ、とか。もっと、こうしたいとかああしたいとか甘えればよかった。やりたいことはやっておけばよかった、って。後悔ばっかりです。だから、言いたいことは言えるうちに言っておいた方がいい」

「なるほど」

「あと、それとは別に、人を雇うってなかなかむずかしいことですよ。その人に毎月お給料を払うのって、アルバイトやパートでも責任が伴う。ちゃんと相談しておいた方がいい」

経験者の言葉は重かった。

「そうですね、ちゃんと話してみます」

「よかった」

そして、彼は私が渡した本をまたいとおしそうになでた。

「今夜、さっそく、何か作ってみますね。かやくご飯もだし巻き卵も自分のレシピとはまったく違うから楽しみです」

「今度、食べさせてください」

「もちろん」

「やっぱり、珊瑚さんの言う通りだった」

「何が？」

「佐倉井さんがお兄ちゃんの恋人でよかったたって、珊瑚さん言ってたから。私も滋郎さんの彼氏が佐倉井さんでよかった」

「そんなことを、珊瑚さんが？　嬉しいな」

「ただ単に、面食いなだけかも。珊瑚さんの彼もすごくかっこいいんですよ」

佐倉井さんは、あははははは、と大声で笑った。

📖　📖　📖

美希喜ちゃんからLINEで連絡が入った。

今日、高円寺の家に行ったこと、佐倉井大我さんに会ったこと、そして、あたしと話したいこと。

心臓がぎゅっとした。北海道に来てから、彼女に改まってそんなことを言われたことはなかったから。あたしもちゃんと覚悟を決めなくてはならない気がした。

夜十時頃、LINEで電話しますがいいですかと書いてあったので、了解という意味のスタンプを押した。すると、彼女からは「できたら、二人きりで話したい」という返事がまた来た。

当たり前なことなので、もちろん、と返事を打つ。その時、ああこれは東山さんがいないところで話したい、ということだとわかった。夕飯の時、「今夜、美希喜ちゃんと電話で話しますね、なんだか、折り入った話があるようだから書庫を使わせてください」と告げておいた。

十時きっかりに着信音が鳴ったので、私は東山さんに目配せして、書庫の部屋に入った。

「こんばんは」

スマホの画面に映った彼女の顔は少し緊張しているようだったが、落ち着いていた。

「おばんです」

「久しぶりですね」

「そうね」

彼女はその日あったことを話した。ＬＩＮＥでの話通りだったが、丁寧に説明してくれた。大我君に話し合いなさいと言われたことも。

「それで、一度、ちゃんと珊瑚さんと話さないと、と思って」

「ええ」

「珊瑚さんはいつ帰ってくるつもりですか」

彼女がそう言うのは当然だと思う。

「えーと」

あたしが口を開くと、彼女はそれを抑えるように手を広げた。

「ちょっと、待ってください」

「はい」

「珊瑚さんはいつまででもいてくださって、かまわないんです。ただ、珊瑚さんがまだ、しばらくそちらにいるつもりなら、こちらも誰か人を雇わないとと思っていて。現実的に一人ではやっていけないので」

美希喜ちゃんは頭を下げた。

「ごめんなさい」

「どうして……あなたが謝ることじゃないわ。こちらこそ、ごめんなさい。急に来てしまって」

「はい。実は、少しショックでした」

美希喜ちゃんは小さく笑った。

「そうよね」

「相談してくれたらよかったのに」

「ええ……」

「そんなに東山さんに会いたかったですか?」

「いえ、それだけじゃなくて……会いたいということなら、彼だけじゃなくて、友達や親戚や……北海道、十勝の土地、そのものにも会いたかったのかも」

「そういうことでしたか」

「あの時は会いたくて、会いたくて、我慢できなかったのね。それに、あなたにはたくさん、周りに助けてくれる人がいるでしょ。でも東山さんは一人だから……こちらの友達もね、皆、歳をとって少し寂しいのね」

「あ」

美希喜ちゃんははっとした顔になった。

「すみません。それは考えてもみませんでした。自分のことばっかり考えていて。自分がつらいとか、大変とか、寂しいとかそればっかり考えていたな……」

「そんなに大変だった?」

「正直、つらかったです」

あたしは思わず黙ってしまった。そんなに迷惑をかけていたとは。

彼女が、自分がいなくなったことで寂しいと感じるとは思っていなかった。

美希喜ちゃんも黙ってしまった。

あたしたちはお互いのことを考えて、しばらく沈黙した。

「……で、どうしましょうか」

先に声を出したのは、美希喜ちゃんだった。

「……とりあえず、東山さんの怪我が治るまで、こちらにいたいと思っているんだけど、どうかしら」

「それはどれくらいですか」

「たぶん、最低でもあと一ヶ月はかかると思う」

美希喜ちゃんは無表情になって、うなずいた。

「わかりました。それなら人を雇っていいですか。実は奏人さんがうちで働かせてくれって言ってます」

「あらまあ、そうなの」

「アルバイト料は最低賃金でいいから、その代わり、時間は自由に入りたいって。相変わらず、図々《ずうずう》しいことを言ってきてるんですが、でも」

「彼くらい、本や小説の知識がある人ならありがたいわよね。願ってもない人材だわ」

「私もまったく、同じことを考えていました」

「いろいろ悪いわね……それから、もう一つ、お願いがあるの」

「なんでしょう」

「店の権利をあなたに渡したい」

「ええええ、そんな」

あたしは、美希喜ちゃんが鷹島古書店を手伝ってくれるようになってから、ずっと考えてきたことを説明した。

「店とビルの権利をあなたに渡したい」

「ダメですよ。店はともかく、ビルは……どれだけの価値があるか、わかっていますか！」

「もちろん。だけど、あたしにはいらないの。兄から受け継いだお金と年金があるし、こちらにはマンションがある。それだけあれば生きていけるから。でも、店をやっていくにはビルが必要でしょ。それにここにいたらあたしには管理ができない」

「人に頼めば、珊瑚さんだって持っていられるじゃないですか」

「あのビルや店はやっぱり兄のものなの。その気持ちが捨てられないの。そして、兄は店がずっと続くことを願っていると思う。あたしも神保町に兄のビルがあるっていつまでも思っていたいの。売ることはまったく考えていない」

美希喜ちゃんは泣き出した。

それは身も蓋《ふた》もないくらい、大きな声で、子供のように泣いた。あたしの方があっけに取られるくらいだった。

「そんな泣かないで」

「いや、いや、ビルなんていらない。珊瑚さんに帰ってきて欲しい。また、一緒に働きたい」

「帰る、帰るわよ、大丈夫」

「本当？」

それを聞くと彼女の泣き声はぴたりとやんだ。

「もちろん、そのうち戻るし。美希喜ちゃんを手伝う。でも前よりもこちらに時間を使いたい、ということと」

「……なら、もらいます……」

彼女のあっさりとした気持ちの変わりように、あたしは笑ってしまった。ゲンキンな子、でもそういうところが大好きだ。

「そうよ、帰らないなんて一言も言ってないでしょ」

「はい」

「だけど、でも、いつかは戻るの、ここに、あたしは。北海道に」

「え。どういうことですか」

彼女はまた泣き出そうか、それともやめようか、というような複雑な表情でこちらを見た。

「あたしは根っから、外地の、北海道の人間なのよ。死ぬのはここでと思ってる」

「……そうだったんですか」

「最初から、そうだったのよ。とにかく、これからのことは彼の怪我が治ってからまた話し合いましょう。そして、お店とビルのこと、ちゃんと考えてちょうだい」

「……もらうのに、きっとめちゃくちゃ税金、かかりますよね」

また、彼女の……芽衣子さん直伝の現実主義が頭をもたげたようだった。

でも、これなら大丈夫だ。

「たぶんね。でも、それも一緒に考えましょう。税理士の先生に相談して。あとあたしね、東山さんにプロポーズしようと思ってるの」

「げ」

「いま、げ、って言わなかった？」

「言いました」

「それって、考えられないってこと？　あたしたちみたいな年寄りが結婚するなんてって」

「違います。そうしたら、珊瑚さん、もう絶対に、こっちに帰ってきてくれないんだなって思って……まじですか」

「真面目、大真面目」

「でも、どうして」

「今まで、『どうしようかなあ、彼はあたしとのこと、どう思ってるのかなあ』ってずっと迷っていたんだけど、あなたと話して決めたわ。自分から言うわ。結婚して、って」

「帰ってこないことに反対はできますが、プロポーズは反対できないなあ。そこまで珊瑚さんが決心を固めたのなら、しかたありませんね」

美希喜ちゃんは寂しそうにうなずいた。

しばらく店の実務的な話をし、「絶対に一度は帰ってきてくださいね」と彼女は念を押して、電話を切った。

あたしは書庫のドアを開けた。

ダイニングルームに彼とチロさんがいた。彼が柔らかいボールを投げて遊んでいる。

あたしの気配で、彼は顔を上げた。

「電話は終わりましたか」

「はい」

「美希喜ちゃんは元気でしたか」

あたしは微笑んだ。

そして、あたしがこれから結婚を申し込む……幸運な、きっと幸運にしてみせる男の顔を見つめた。

〈本書に登場する主な書籍・参考文献〉

『うたかたの日々』ボリス・ヴィアン／著　野崎歓／訳（光文社）伊藤守男／訳（早川書房）
「一等待合室」『イヤリング』森瑤子／著（KADOKAWA）
　『指輪』森瑤子／著（角川春樹事務所）※『イヤリング』を改題
「三等待合室」『掌の小説』川端康成／著（新潮社）
『愛と死』武者小路実篤／著（新潮社）
「盗まれた手紙」『ポー名作集』収録　エドガー・アラン・ポー／著　丸谷才一／訳（中央公論新社）
「皮膚と心」『太宰治全集　第三巻』収録　太宰治／著（筑摩書房）
『女たちよ！』伊丹十三／著（新潮社）
『巴里の空の下オムレツのにおいは流れる』石井好子／著（暮しの手帖社／河出書房新社）
『パリ仕込みお料理ノート』石井好子／著（文藝春秋）
『忍ぶ川』三浦哲郎／著（新潮社）
『ちいさいモモちゃん』『モモちゃんとプー』『モモちゃんとアカネちゃん』松谷みよ子／著（講談社）
『カドカワフィルムストーリー　Wの悲劇』角川春樹／製作　夏樹静子／原作　澤井信一郎／監督
　薬師丸ひろ子／主演（角川書店）
「暮しの手帖」昭和五十六年四月号（暮しの手帖社）
『「お葬式」日記』『「マルサの女」日記』伊丹十三／著（文藝春秋）
『更級日記』原岡文子／訳注（KADOKAWA）江國香織／訳（河出書房新社）関根慶子／訳
　（講談社）川村裕子／編（角川学芸出版）西下経一／校注（岩波書店）秋山虔／校注（新潮社）
『京都「木津川」のおひるご飯』西村良栄／著（文化出版局）

本書は「ランティエ」二〇二三年二月～七月号に掲載された作品に加筆修正しました。

著者略歴

原田ひ香（はらだ・ひか）
神奈川県生まれ。2005年「リトルプリンセス２号」で第34回NHK創作ラジオドラマ大賞受賞。07年「はじまらないティータイム」で第31回すばる文学賞受賞。他の著書に「三人屋」「ランチ酒」シリーズ、『東京ロンダリング』『母親ウエスタン』『一橋桐子（76）の犯罪日記』『口福のレシピ』『三千円の使いかた』『母親からの小包はなぜこんなにダサいのか』『古本食堂』『財布は踊る』『喫茶おじさん』『定食屋「雑」』他多数。

Kadokawa Haruki Corporation

原田ひ香

古《ふる》本《ほん》食《しょく》堂《どう》　新《しん》装《そう》開《かい》店《てん》

*

2024年6月18日第一刷発行
2024年6月28日第二刷発行

発行者　角川春樹
発行所　株式会社　角川春樹事務所
〒102-0074　東京都千代田区九段南2-1-30　イタリア文化会館ビル
電話03-3263-5881（営業）　03-3263-5247（編集）
印刷・製本　中央精版印刷株式会社

定価はカバーに表示してあります
落丁・乱丁はお取り替えいたします
ISBN978-4-7584-1467-8 C0093
http://www.kadokawaharuki.co.jp/

森 瑤子の本

＊本書の第一話に登場する「一等待合室《ファースト・クラス・ラウンジ》」が収録されています。

指輪

「真実の森瑤子を知って欲しい」
——原田ひ香

今日子と渉は揃いの銀の指輪をつけている。渉がデザインの賞に入選できたら結婚するはずだったが……（「指輪」）銀狐の七分丈コートに大きなサングラス、小型のバッグを持った女が、ファースト・クラス・ラウンジのソファに腰かけていた。「お一人ですか？」とその彼女に男が声をかけた……（「一等待合室《ファースト・クラス・ラウンジ》」）。女と男の欲望、嘘、裏切り……あまりにスリリングな短篇集。（『イヤリング』を改題）

ハルキ文庫